욕망,
독일까?
득일까?

물음표로
따라가는
인문고전

9

구운몽

욕망,
독일까?
득일까?

글 박진형 | 그림 토끼도둑

지학사아르볼

우리는 《구운몽》을 다 알고 있을까?

"현세의 부귀공명은 일장춘몽(一場春夢)"

"영생불멸의 불도(佛道)에 귀의해 허무를 극복하고자 하는 것"

"부귀영화는 꿈처럼 허망한 것이니 중요하지 않다는 작가의 생각"

어떤가요? 무슨 의미인지 한눈에 들어오나요? 이는 《구운몽》에
대한 중·고등학교 참고서의 설명을 인용한 것입니다. 다른 설명들
도 더 살펴볼게요. '불교의 공(空) 사상에 입각한 복합적인 꿈'이라
고 하는가 하면, '인간적 선의와 구도(求道)적 순수가 바탕이 된 인간
은 언제나 그 자율성으로 인해 구제받는다.'라는 말도 있지요. 이런
설명은 좀처럼 이해하기 힘듭니다.

그런데 대부분의 학생은 《구운몽》을 알고 있다고 합니다. 교과서

에 나와 있고 학교 수업에서 한 번쯤 다루는 작품이기 때문입니다.

하지만 작품 전체를 읽어 본 학생은 거의 없습니다. 교과서에 수록된 건 기껏해야 작품의 발단과 결말 부분 정도라서, 딱 그 정도만 읽고 나머지 부분은 생략하거나 한두 줄의 내용 요약으로 대체하는 경우가 대부분이지요.

과연 그것만으로 작품을 안다고 하는 게 맞는 걸까요? 이건 마치 물고기 눈알과 꼬리지느러미만 맛보고 물고기 요리를 맛있게 먹었다고 말하는 것과 같다고 생각해요. 진짜 먹음직스럽고 맛있는 부분은 내버려 둔 채 맛을 평가하는 거지요.

여러분은 《구운몽》에 대해 어떻게 생각하나요? 혹시 어려운 작품이라고 생각한다면, 꼭 그렇지는 않다고 이야기하고 싶어요.

원래 이 작품은 조선 후기의 문신 서포 김만중(1637~1692년)이 유배 중이었을 때, 어머니를 위해 지은 것이에요. 그러니 고향에 계신 늙은 어머니가 이해하지 못할 정도로 난해하게 쓰진 않았겠지요. 김만중은 소설을 통해, 쓸쓸해하시는 어머니를 위로하고 싶었을 겁니다. 때로는 우습고 재미있는 이야기를 곁들여서 말이에요.

그렇습니다. 《구운몽》은 참으로 유쾌한 소설입니다.

소설에는 주인공 양소유가 혼인할 여인을 미리 확인하고 싶은 마음에, 여장을 하고 여인의 집에 들어가는 장면이 나옵니다. 또 양소유가 귀신과 사랑에 빠지는 부분이나, 자신을 놀린 여인들에게 소심한 복수(?)를 하려고 병든 척하는 부분도 있지요.

이러한 글을 읽으며 미소 짓지 않을 독자가 어디 있을까요? 여러분도 《구운몽》에 대한 편견을 버리고, 진정한 재미를 느껴 보았으면 좋겠습니다.

더불어 이 책에선 '욕망'의 관점에서 작품을 생각해 보았습니다. 《구운몽》에서 '욕망'은 중요한 키워드입니다. 소설에서 처음에는 불도를 닦는 성진이 무언가를 욕망하지요. 사실 그는 욕망해서는 안 되는 자리에 있었는데 말입니다. 이로 인해 새로운 세계와 맞닥뜨리고, 그곳에서 다양한 욕망을 충족하지요.

하지만 과연 그 욕망은 완전히 충족될 수 있을까요? 흥미롭게도 새로운 세계에서 욕망을 충족한 성진은 또 다른 것을 욕망하게 돼요. 이러한 일련의 이야기들이 무엇을 뜻하는지 생각해 보는 것도 의미 있답니다.

고전(古典)은 단순히 오래전에 만들어진 이야기가 아닙니다. 그보다는 언제 읽어도 늘 새롭고 가치 있는 이야기랍니다. 그런 면에서 《구운몽》은 훌륭한 고전이라 할 수 있습니다. 오늘날의 독자들에게 재미와 여러 생각거리를 동시에 주니까요.

자, 이제 직접 고전을 마주할 시간입니다. 함께 문을 열고 작품 속으로 들어가 볼까요?

● 박진형

Part 1 | 고전 소설 속으로

고전을 아름다운 그림과 함께 담아냈습니다. 원전에 충실하면서도 어려운 단어를 최대한 줄이고 쉽게 풀이하여, 재미난 이야기를 마주하듯 술술 읽을 수 있도록 했습니다.

Part 2 | 물음표로 따라가는 인문학 교실

고전은 오늘의 우리를 비추는 거울이며, '인문학'을 담고 있는 그릇입니다. 이 책은 고전의 재미를 더하고, 우리 고전을 인문학적인 관점에서 바라볼 수 있도록 구성되었습니다.

● **고전으로 인문학 하기**

고전 소설을 읽고 나면 머릿속에는 여러 질문들이 떠올라요. 물음표에 대한 답을 따라가 보세요. 배경지식이 쑥쑥 늘어날 거예요.

● **고전으로 토론하기**

고전의 내용에 기반한 가상 대화가 이어집니다. '고전으로 토론하기'를 통해 다르게 생각하는 힘을 길러 보세요.

● **고전과 함께 읽기**

함께 읽으면 더욱 좋은 문학, 영화, 드라마 등을 소개합니다. 비슷한 주제가 다른 작품에서는 어떻게 표현되었는지 살펴보고 생각의 폭을 넓히세요.

차
례

Part 1 | 고전 소설 속으로

Part 2 | 물음표로 따라가는 인문학 교실

구운몽

고전 소설 속으로

우리 고전 소설의
재미와 **감동**을
오롯이 느껴 봅시다.

양소유와 팔선녀를 소개합니다!

성진 육관 대사의 제자. 잠시 부귀영화에 대한 욕심을 품게 되고, 이것이 육관 대사의 귀에 들어가 혼이 난다.

 양소유 성진이 육관 대사에 의해 인간 세상으로 보내져, '양소유'라는 이름으로 태어난다. 글을 잘 쓰는 데다 엄청난 미남이다.

 진채봉 양소유가 과거 시험을 보러 가던 길에 우연히 만난 여인. 서로 한눈에 반해 혼인하려고 했지만, 난리가 일어나 헤어지게 된다.

 정경패 명문 집안인 정 사도댁 딸. 뒷날 영양 공주로 봉해진다.

 가춘운 정경패의 시녀이지만 서로 자매처럼 지낸다.

 계섬월 낙양의 기생으로, 뛰어난 미인이다. 뒷날 양소유의 첩이 된다.

 적경홍 계섬월과 매우 친한 사이로, 양소유의 첩이 된다.

 난양 공주 황제의 누이. 양소유와 부부의 연을 맺는다.

 심요연 양소유가 토번국에 왔을 때, 그를 위험으로부터 막아 주고 인연을 맺는다.

 백능파 동정호 용왕의 딸. 군사를 이끌고 온 양소유를 도와주며 인연을 맺는다.

•

"저더러 어디로 가라 하십니까?"

육관 대사는 단호했다.

"네 마음이 이미 크게 변했으니,

이곳에 있어도 뜻을 이루지 못할 것이다.

그러니 어서 떠나라."

　　•

아홉 사람 모두
인간 세상으로 보내라

  당나라 시절에 한 고승이 있었다. 인도에서 온 고승은 형산* 연화봉 위에 법당을 짓고 머물렀다. 사람들은 그를 보고 육관 대사라 불렀다. 육관 대사는 귀신을 다스리고 사람들을 가르쳤다. 모두 육관 대사를 보고 부처님이 세상에 나왔다며 공경했다.

  성진(性眞)은 육관 대사의 많은 제자들 가운데 하나였다. 그는 모든 불경을 다 익혀서 모르는 것이 없을 정도로 총명했다. 육관 대사는 성진을 무척이나 아껴서, 먼 훗날 그가 도를 전할 큰 그릇이 되리라고 기대했다.

* **형산** 중국의 이름난 다섯 산 중 하나인 남악.

어느 날 육관 대사가 불법을 가르치는데, 마침 그곳에 동정호의 용왕이 와 있었다. 용왕은 흰옷을 입은 노인의 모습으로 변하여 육관 대사의 가르침을 듣고 있었다.

다음 날 육관 대사가 제자들에게 말했다.

"내가 늙고 병들어 문밖에 나가지 못한 지 벌써 10년이나 되었구나. 너희들 중 누가 나 대신 용왕께 인사드리고 오겠느냐?"

성진은 망설임 없이 대답했다.

"제가 비록 총명하진 못하지만, 스승님의 명을 받아 다녀오도록 하겠습니다."

육관 대사는 크게 기뻐하며 성진을 보냈다.

성진이 동정호를 향해 길을 떠나고 얼마 뒤, 법당의 문지기가 육관 대사에게 아뢰었다.

"남악산의 위 부인께서 여덟 선녀를 보내셨습니다."

팔선녀가 차례로 들어와 육관 대사에게 인사하고, 부인의 말을 전했다. 부인이 전하려던 말은 이러했다.

"대사님께선 산 서쪽에 계시고, 저는 동쪽에 있으니 멀리 떨어져 있지는 않습니다. 그런데도 그동안 일이 많아 한 번도 대사님의 가르침을 듣지 못하였으니 참으로 아쉽습니다. 그 대신 시녀들을 보내 인사드립니다. 부족하지만 여기 있는 꽃과 과일, 보물과 비단으로 제 마음을 전하고 싶습니다."

팔선녀는 각자 가져온 것을 육관 대사에게 전했다. 육관 대사는 그것을 부처님에게 공양하도록 했다.

"이렇게 귀한 선물을 보내 주시다니, 어떻게 감사 인사를 드려야 할지 모르겠습니다."

그러고는 큰 잔치를 베풀어 팔선녀를 대접하였다.

잔치가 끝나고 팔선녀가 문밖에 나와 서로 손을 잡더니 말했다.

"예전에 형산은 우리 집처럼 익숙한 곳이었는데, 대사께서 오신 뒤로는 이곳을 구경할 일이 미처 없었습니다. 마침 부인의 명으로 이렇게 오게 되었으니 얼마나 좋은 기회입니까? 저 정자에 올라 시를 읊고 풍경도 구경하고 싶습니다."

팔선녀는 천천히 폭포 쪽을 향해 걸었다. 때는 춘삼월이었다. 산에는 꽃이 가득 피었고, 지저귀는 새소리는 자연스레 마음을 들뜨게 만들었다. 팔선녀는 다리 위에 앉아 흐르는 물을 바라보았다. 표면에 비친 이들의 모습은 한 폭의 미인도와 같았다. 팔선녀는 정답게 이야기하고 웃으며 즐거운 시간을 보냈다.

한편 용궁에 도착한 성진은 용왕에게 인사를 드렸다. 용왕은 성진을 반기며 잔치를 열어 주었다. 세상에 없는 진귀한 음식들이 상위에 차려져 있었다. 용왕이 잔을 들어 술을 권하자, 성진이 몸가

짐을 가다듬으며 말했다.

"술은 사람의 정신을 해치는 것이라 불교에서는 금하고 있습니다. 죄송하지만 마시지 못하겠습니다."

용왕이 웃으며 대답했다.

"어찌 내가 그걸 모르겠습니까? 다만 용궁의 술은 인간 세상의 것과는 다르답니다. 나의 성의를 생각해 한 잔만 마셔 보길 바랍니다."

성진은 더 이상 용왕의 부탁을 뿌리칠 수 없어서 연거푸 석 잔을 마셨다.

잠시 뒤, 성진은 용왕에게 작별 인사를 드리고 법당이 있는 연화봉으로 향했다.

그런데 형산 아래에 도착할 때쯤 되자 술기운 때문에 얼굴이 붉게 달아오르는 것이 아닌가.

'큰일이야! 사부께서 나의 취한 얼굴을 보고 크게 꾸짖으실 것이 뻔하다!'

성진은 얼른 냇물에 들어가 윗옷을 벗고 세수를 했다.

그때 문득 기이한 향기가 바람에 실려 왔다.

'이건 흔한 꽃이나 풀의 향기가 아니다. 대체 어디서 나는 향기란 말인가? 이 산속에 무슨 기이한 것이 있기에?'

성진은 옷을 입고 길을 찾아 올라갔다. 그러다 곧 돌다리 위의 팔선녀와 마주치게 되었다. 성진은 지팡이를 내려놓고 예를 갖추어 인사했다.

"저는 연화 도량* 육관 대사의 제자입니다. 마침 사부의 명을 받아 용궁에 갔다 오는데, 이 좁은 다리 위에 보살님들께서 앉아 계시니 제가 지나기 어렵습니다. 잠시 길을 비켜 주십시오."

팔선녀가 말하였다.

"저희는 위 부인의 시녀들입니다. 부인의 명을 받아 육관 대사께 문안을 드리고 오는 길에, 이 다리에서 잠깐 쉬고 있었습니다. 남자는 왼편으로 가고, 여자는 오른편으로 간다는 옛말이 있지요. 저희가 먼저 이곳에 와 있었으니, 스님께서는 다른 길로 돌아서 가 주셔요."

"물이 깊고 다른 길은 없습니다. 대체 어디로 가라 하십니까?"

"옛날에 달마 대사께선 연잎을 타고도 바다를 건넜다고 합니다. 스님께서 정말 육관 대사의 제자라면 신통한 도술이 있을 테지요. 그런데 어찌 이렇게 조그마한 물을 건너는 것도 걱정하며 아녀자와 길을 다투십니까?"

성진이 크게 웃었다.

---

* **도량** 부처나 보살이 도를 얻으려고 수행하는 곳.

"하하, 이제 알겠습니다. 낭자들은 값을 받고 길을 내어 주고자 하시는군요. 그러나 가난한 중에게 어찌 돈이 있겠습니까? 그 대신 백팔 염주*가 있으니, 이것으로 값을 쳐 드리지요."

그러고는 목의 염주를 벗어 손으로 만지니, 염주가 복숭아꽃이 되었다. 팔선녀가 주위로 모여들자 꽃이 다시 여덟 개의 구슬로 바뀌었다. 영롱한 빛이 땅에 가득하고 상서로운 기운이 하늘에 펼쳐졌다.

팔선녀는 그제야 길을 비켜 주었다.

"과연 육관 대사의 제자시군요."

팔선녀는 구슬을 하나씩 손에 쥐고 빙긋 미소를 지으며 바람을 타고 공중으로 날아갔다. 성진이 고개를 들어 하늘을 보니, 이미 팔선녀는 자취도 없이 사라진 뒤였다.

한참 뒤 구름이 흩어지고 향내가 사라졌다. 성진의 마음이 두근거렸다.

성진은 겨우 발걸음을 돌려 법당으로 돌아왔다.

"왜 이리 늦었느냐?"

* **백팔 염주** 작은 구슬 108개를 꿴 염주. 백팔 번뇌(마음과 몸을 괴롭히는 욕망이나 분노 등)를 상징한다. 이것을 돌리며 염불을 외면 번뇌를 물리칠 수 있다고 한다.

"용왕께서 후하게 대접해 주셔서 차마 뿌리치고 일어나기 어려웠습니다."

"알겠다. 그만 물러가 쉬어라."

성진은 방으로 돌아와 누웠다. 팔선녀의 말소리가 귀에 쟁쟁하고 얼굴빛이 눈에 아른거렸다. 마음이 점점 황홀해졌다.

'한번 남자로 태어나면…… 어려서는 공자와 맹자의 글을 읽고, 자라서는 요순* 같은 임금을 섬기며, 백만 대군을 거느려 적을 물리쳐야 한다. 돌아와서는 재상이 되어 비단옷에 옥대를 차고, 아름다운 미녀와 잔치를 즐기며, 부귀영화를 자랑하고 이름을 후세에 전하고 말이다. 이것이 대장부의 길이리라.

그러나 아…… 슬프구나. 불도를 닦는 길은 어떠한가. 공양 그릇에 담긴 밥 한 그릇과 물 한 병, 불경 두세 권과 백팔 염주가 전부이다. 비록 가르침이 높고 아름답다고는 하나, 먼 훗날 그 누가 나 성진이 이 세상에 태어난 줄을 알겠는가.'

성진은 이런저런 생각에 뒤척이며 잠을 이루지 못했다. 눈을 감으면 팔선녀가 앞에 앉았고 눈을 뜨면 온데간데없었다. 성진은 크게 뉘우치며 마음을 바로잡았다.

'아니다. 부처님의 가르침을 따라야지. 사사로운 마음에 휘둘리

---

* **요순** 고대 중국의 요임금과 순임금을 아울러 이르는 말.

면 어쩌겠는가!'

성진은 자세를 고쳐 앉아 염불을 외웠다.

그때 창밖에서 심부름하는 아이가 성진을 불렀다.

"사부께서 급히 부르십니다."

성진은 깜짝 놀라 얼른 아이를 따라갔다. 도착한 곳에는 촛불이 환히 켜져 있었다. 육관 대사가 모든 제자들을 모아 놓고 기다리고 있었는데, 성진을 보자마자 크게 화를 내며 꾸짖었다.

"성진아, 네 죄를 아느냐?"

성진이 바닥에 꿇어앉으며 대답했다.

"제가 사부를 섬긴 지 10년이 넘었지만 조금도 불순한 일을 한 적이 없습니다. 무슨 죄를 말씀하시는지 도무지 모르겠습니다."

육관 대사가 말했다.

"네가 용궁에 가 술을 마셨으니 그것이 첫째 죄로다. 또 돌다리 위에서 팔선녀와 함께 농담을 주고받으며 꽃을 주었으니 그것이 둘째 죄로다. 돌아와서는 선녀를 그리워하며 불가의 가르침을 잊고 인간 부귀를 생각하니 그것이 셋째 죄로다.

이런데 공부를 하겠다고? 너는 죄가 무거워 더 이상 이곳에 있을 수 없다. 이제 너 가고 싶은 곳으로 가거라."

성진은 머리를 조아리고 눈물을 흘렸다.

"제가 큰 죄를 지었습니다. 하지만 용궁에서 술을 마신 건 용왕이 자꾸 권하였기 때문이고, 선녀들과 농담을 주고받은 건 길을 빌리기 위해서였습니다. 방에 들어가 잠시 그릇된 생각을 하였지만, 즉시 잘못이라는 것을 깨닫고 다시 마음을 바로잡았습니다. 이것이 죄가 됩니까? 설령 죄가 있다면 종아리를 때리셔서 꾸짖을 일이지 어찌 쫓아내려 하십니까? 제 나이 12살에 부모를 떠나 사부 아래에서 중이 되었으니, 이곳이 곧 제 집인 셈입니다. 그런데 저더러 어디로 가라 하십니까?"

육관 대사는 단호했다.

"네 마음이 이미 크게 변했으니, 이곳에 있어도 뜻을 이루지 못할 것이다. 그러니 어서 떠나라."

그러고는 황건역사*를 불러 명령을 내렸다.

"여봐라, 이 죄인을 지옥에 있는 염라대왕에게 데려가서 심판을 맡겨라."

성진은 이 말을 듣고 가슴이 철렁해져서, 머리를 조아리고 눈물을 흘렸다.

"사부, 제 말 좀 들어 보십시오. 옛날에 부처의 제자였던 아난존자*는 여인과 동침하였지만 부처님께서 죄를 내리지 않으셨습니다. 저의 죄는 그에 비하면 오히려 가벼운데, 어찌 연화봉을 버리고 지옥으로 가라 하십니까?"

육관 대사의 엄한 표정에는 조금의 변화가 없었다.

"아난존자는 비록 여인과 동침했지만 그 마음은 변하지 않았다. 그러나 너는 여인을 한 번 보고는 본심을 잃었으니, 어찌 아난존자와 비교하겠느냐?"

성진은 하는 수 없이 눈물만 뚝뚝 흘리며 스승과 사형*들에게 작별 인사를 했다. 그러고는 황건역사를 따라 수만 리 떨어진 지옥으로 갔다.

염라국에 도착한 성진에게 염라대왕이 물었다.

"그대는 연화봉의 승려가 아닌가? 신통한 도술로 장차 천하의 중생을 구제할 거라 생각했는데 왜 이곳에 왔느냐?"

성진은 부끄러움을 감추지 못했다.

"제가 어리석어 스승님께 죄를 지었습니다. 모든 것을 대왕님의 처분에 맡기겠습니다."

잠시 후 황건역사가 여덟 죄인을 잡아 왔다고 아뢰었다. 남악산 팔선녀들이었다. 염라대왕이 물었다.

* **황건역사**(黃巾力士) 천상 세계 장수들 중 하나로, 힘이 세다고 한다.
* **아난존자** 석가모니의 십대 제자 가운데 한 사람. 부처를 따라 25년 동안 도를 닦아서 불법을 전수받았다고 전해진다.
* **사형** 한 스승의 제자로서, 자기보다 먼저 그 스승의 제자가 된 사람.

"너희 팔선녀들은 남악산 아름다운 경치를 버리고 왜 이런 곳에 왔느냐?"

선녀들 역시 부끄러워하며 말했다.

"저희는 육관 대사께 인사를 드리고 돌아오는 길에, 한 스님과 이야기를 주고받았습니다. 대사께서 위 부인에게 이 일을 전하자, 위 부인께서 저희를 잡아 대왕님께 보냈습니다. 대왕님께서는 부디 자비를 베푸시어 좋은 땅에서 태어나게 해 주십시오."

염라대왕은 부하에게 명령했다.

"여봐라. 이 아홉 사람 모두를 인간 세상에 태어나게 하라."

그러자 갑자기 앞을 볼 수 없을 정도로 큰 바람이 일었다.

이윽고 바람이 그치자 성진은 눈을 뜨고 주위를 둘러보았다. 저 멀리에 산과 시냇물로 둘러싸인 작은 마을이 보였다. 마침 주위에 서너 사람이 한가롭게 이야기를 나누고 있었다.

"양 처사 부인 나이가 오십이 넘었는데 아이를 갖다니, 그것참 신기한 일이야."

"그러게나. 임신한 지 오래되었다는데 아직도 아이가 나오지 않는다니 걱정이 많겠어."

염라대왕의 부하가 성진의 뒤에서 말하였다.

"이곳은 당나라 회남 수주현이고, 여긴 양 처사의 집이다. 처사

는 너의 아버지이고, 부인 유씨는 네 어머니이다. 너는 전생의 인연으로 이 집 자식이 되었다. 그러니 때를 놓치지 말고 급히 들어가라.”

성진이 안으로 들어가 보니 양 처사가 화로에서 약을 달이고 있었고, 부인은 아기를 낳느라 신음하고 있었다. 이때 부하가 성진을 뒤에서 밀었다.

“으악!”

순식간의 일이었다. 성진은 땅에 엎어지며 눈앞이 캄캄해졌다.

“나 살려! 나 살려!”

놀라서 이렇게 외쳤으나 입 밖으로 아기 울음소리만 나올 뿐이었다.

부인은 곧 아들을 낳았다.

뚜렷했던 전생의 기억이 점점 희미해져 갔다. 양 처사는 아기를 보며 말했다.

“마치 하늘 나라 사람이 인간 세상으로 내려온 것 같구려.”

양 처사는 아기의 이름을 소유(少遊)라 짓고, 자*는 천리(千里)라 하였다.

* **자** 본이름 외에 부르는 이름.

●

"수양버들 천만 갈래 실타래에
내 마음이 하나하나 맺혀 있습니다.
원컨대 달 아래에서 만나
그대와 봄 소식을 맺을까 합니다."

●

진채봉과
인연을 맺다

어느덧 세월이 흘러 양소유가 10살이 되었다. 양소유의 얼굴은 옥같이 맑고 눈은 샛별같이 초롱초롱했다. 마음이 넓고 지혜로워 엄연한 군자의 모습을 갖추었다.

그러던 어느 날, 양 처사가 부인에게 말하였다.

"나는 원래 이 세상 사람이 아니라 봉래산 신선인데, 부인과 인연이 있어서 이곳에 왔던 것이오. 이제 아들을 낳았으니 나는 원래 있던 봉래산으로 돌아가려고 하오. 부인은 앞으로 반드시 부귀영화를 누릴 테니 염려 마시오."

그러더니 학을 타고 훌쩍 하늘 위로 올라가 버렸다. 너무나 갑작스러운 일에 유씨 부인은 한마디도 할 수 없었다. 슬픈 마음을 부여잡은 채 하늘만 바라볼 뿐이었다.

양 처사가 하늘로 올라간 뒤로, 양소유와 어머니 유씨 부인은 서로를 의지하며 지냈다.

양소유가 15살이 되자, 글솜씨는 물론이고 병법과 무술 또한 높은 수준에 이르렀다. 하루는 양소유가 어머니께 말씀드렸다.

"곧 과거 시험이 있다고 합니다. 집안을 일으켜 가문을 빛내고 어머니의 마음을 위로하고 싶습니다. 잠시 어머니 곁을 떠나 과거를 보러 가겠습니다."

유씨 부인은 아들의 뜻을 알아차리고 허락했다. 그리고 먼 길을 떠나는 아들을 위해 금비녀를 팔아 짐을 꾸려 주었다. 양소유는 어머니께 작별 인사를 드리고 나서, 심부름하는 아이와 나귀 한 마리를 데리고 길을 떠났다.

양소유는 여러 날을 가다가 화주 화음현에 이르렀다. 화창한 오후였다. 봄바람에 나부끼는 버드나무잎을 바라보니 자연스레 감탄이 나왔다.

'아, 너무도 아름다운 경치로구나! 이런 풍경을 보며 어찌 시 한수 읊지 않을 수 있겠는가.'

양소유는 〈양류사(楊柳詞)〉라는 시를 지어서 읊었다.

버드나무 푸르러 비단을 짠 듯하니,

긴 가지가 그림 같은 누각에 드리웠구나.

원컨대 그대는 부지런히 심으시오.

이 버들이 가장 멋지기 때문이라오.

버드나무 어찌 이리 푸르고 푸를까?

긴 가지 비단 기둥에 드리웠구나.

원컨대 그대는 잡아 꺾지 마오.

이 나무가 가장 다정하기 때문이라오.

그때 마침 저쪽 누각에서 한 여인이 낮잠을 자다가, 누군가 시를 읊는 소리에 잠에서 깼다. 여인은 청아하게 울려 퍼지는 소리를 들으며 생각했다.

'인간의 소리가 아니로구나. 누가 시를 읊었을까?'

여인은 창을 열고 옥난간에 기대 주위를 돌아보았다. 양소유는 문득 여인과 눈이 마주쳤다. 여인은 초승달 같은 눈매에 얼음처럼 하얀 얼굴을 하고 있었으며, 검은 빛깔의 풍성한 머리에 옥비녀를 꽂고 있었다. 여인의 아름다움이 세상에 빛났다. 양소유와 여인은 서로를 물끄러미 바라볼 뿐, 누구도 먼저 말을 건네지 못했다.

바로 그때 심부름하는 아이가 양소유를 불렀다.

"도련님, 저녁밥이 다 준비되었답니다. 어서 가시지요."

여인은 부끄러워져서 그만 창을 닫았다. 그윽한 향기만이 양소유의 코끝에 스칠 뿐이었다. 양소유는 누각을 속절없이 바라보다가 어쩔 수 없이 객사*로 돌아갔다.

양소유가 만난 이 여인의 이름은 진채봉이다. 진 어사의 딸 진채봉은 어려서 어머니를 잃고, 장안*에서 벼슬하는 아버지와 떨어져 이곳에서 홀로 지내고 있었다. 그러다 오늘 뜻밖에 양소유를 만나게 된 것이다. 진채봉은 생각했다.

'여자가 남자를 따르는 건 일생에서 가장 중요한 일이야. 당장 그에게 이름과 사는 곳을 물어보아야겠다. 그렇지 않으면 뒷날 아버지께 말씀드려 중매를 보내고자 한들 어떻게 찾을 수 있겠는가.'

진채봉은 곧바로 편지를 써서 유모에게 주며 당부했다.

"지금 즉시 객사로 가서, 아까 〈양류사〉를 읊은 분을 찾아 이 편지를 전하게. 내가 그분과 인연을 맺고자 하는 뜻도 꼭 전하게."

유모가 대답했다.

"말씀대로 하겠습니다. 하지만 나중에 어르신께서 이 일을 나무라시면 어찌하지요?"

* **객사** 나그네를 묵게 하는 집.
* **장안** 중국 한(漢)나라 · 당나라 때 도읍지.

"그건 내가 알아서 할 문제니 염려하지 말거라."

"혹시 그분이 이미 장가들었으면 어쩌시렵니까?"

진채봉이 한참을 생각다가 말했다.

"불행히도 그분께 아내가 있다면 첩이 되는 것도 꺼리지는 않을 생각이네. 그러나 내 생각에 그분께선 나이가 많지 않아 아직 아내가 있을 것 같진 않네. 일단 어서 이 편지를 전하게."

유모는 객사로 가서 〈양류사〉를 읊은 선비에 대해 묻고 다녔다. 마침 양소유가 그 광경을 보고 다가왔다.

"그 시는 내가 읊었는데, 무슨 일로 날 찾으시오?"

유모는 양소유를 조용히 안으로 불러 이야기했다.

"선비는 어디서 시를 읊으셨습니까?"

"나는 먼 지방 사람으로 과거를 보러 가는 중이오. 마침 누각 옆의 버드나무가 아름다워 시를 한 수 읊었지요. 그런데 어찌 그걸 물으시오?"

"그때 한 여인과 마주치지 않으셨나이까?"

"아, 보았지요. 그 아리따운 모습과 기이한 향내가 지금도 선하구려."

유모가 말했다.

"그 집은 진 어사댁이고, 여인은 진 어사의 딸입니다. 저는 아가씨의 유모지요. 아가씨께선 총명하고 눈이 밝습니다. 오늘 선비를 보고는 인연임을 확신하며 한평생을 함께하고 싶어 하십니다. 장안에 계신 주인어른의 허락을 받아야 하지만, 나중에 매파를 보내고자 한들 선비께서 떠나 버리면 어찌 찾을 수 있겠습니까? 그래서 아가씨께선 부끄러움을 무릅쓰고 저를 보내 선비의 성함과 사시는 곳을 알아 오라고 하셨습니다. 그리고 아내가 있으신지도 여쭤보라고 하셨지요."

양소유는 크게 기뻐하며 반겼다.

"내 이름은 양소유이고, 초나라 땅 사람이라오. 나이가 어려 아직 배필을 못 정했소. 고향에 늙으신 어머니가 계시오. 혼례는 마땅히 부모님께 먼저 아뢰고 나서 정해야 하지만, 지금 이 자리에서 약속하겠소. 아가씨를 배필로 정하겠다고 말이오."

유모는 크게 기뻐하며 다음과 같이 쓰인 편지를 건넸다.

누각 앞에 수양버들을 심은 건
낭군의 말을 매어 잠시 머무르게 하기 위해서입니다.
어찌 이 버들을 꺾어 채찍 삼아
먼 길 떠나려 재촉하시는지요.

"글솜씨가 대단하구나!"

양소유는 곧바로 답장을 써서 유모에게 주었다.

수양버들 천만 갈래 실타래에

내 마음이 하나하나 맺혀 있습니다.

원컨대 달 아래에서 만나

그대와 봄 소식을 맺을까 합니다.

유모가 편지를 받아 나가려는데 양소유가 붙잡았다.

"아가씨는 이곳 사람이고 나는 초나라 땅 사람이라 서로 소식을 전하기 어려울 테지. 그러니 오늘 밤 달빛 아래에서 인연을 맺는 게 어떨지 물어봐 주게. 글에 이런 뜻을 담았으니 즉시 답장 주게나."

잠시 후 유모가 돌아와 양소유에게 진채봉의 말을 전했다.

"아가씨께서 이렇게 말씀하셨습니다. '혼례 전에 남녀가 서로 만나는 것이 예의에 어긋나긴 하지만, 제 몸을 맡기려는데 어찌 망설이겠습니까? 다만 밤중에 만나면 누가 볼까 염려됩니다. 더군다나 나중에 아버님이 아시면 큰 벌을 내릴 것입니다. 그러니 밝은 날 길에서 만나 약속을 정하는 것이 좋을 듯합니다.'"

양소유는 감탄했다.

"참으로 현명한 여인이로다. 그 지혜를 따라갈 수 없도다."

양소유는 유모에게 진채봉과 낮에 만나겠다는 뜻을 전하여 돌려보냈다.

그날 밤 양소유는 잠을 이루지 못하고 이리저리 뒤척이며 새벽 닭 우는 소리를 기다렸다.

그런데 갑자기 큰 소리가 들리면서 천지가 진동했다. 깜짝 놀라 문밖에 나와 보니 사람들이 분주하게 달아나고 있었다. 누군가 다급히 말했다.

"구사량*이라는 사람이 모반*을 일으켰습니다. 도적들이 백성들의 집을 노략질하고 있습니다. 여기 있다간 꼼짝없이 죽게 생겼습니다. 어서 도망치십시오."

양소유는 크게 놀라 심부름하는 아이를 데리고 깊은 산골짜기로 달아났다.

문득 저 멀리 절벽 위에 초가집이 보였다. 그곳에 겨우 오르니 한 도사가 자리에 비스듬히 앉아 있는 것이 보였다. 도사가 양소유에게 말했다.

"너는 양 처사의 아들이 아니냐? 얼굴이 매우 닮았도다."

* **구사량** 당나라 문종·무종 때의 사람으로, 조정을 마음대로 휘두르며 포악하게 행동했다.
* **모반** 국가나 군주를 뒤엎으려고 일을 꾀함.

깜짝 놀란 양소유는 공손히 인사를 드리고 물었다.

"오랫동안 아버지의 소식을 듣지 못해 너무나 그립고도 간절합니다. 아버지는 어디 계십니까? 또 건강은 어떠십니까?"

도사가 웃으며 말했다.

"지금도 무척 건강하시니 염려하지 말게. 그대의 아버지와 조금 전에 바둑을 두었는데, 지금 어디 계신지는 잘 모르겠네."

"신선님, 아버지를 만나게 해 주십시오."

도사는 또 빙그레 웃었다.

"아무리 부자지간이라도 신선 세계와 인간 세상이 다르기 때문에 쉽게 만날 수는 없네. 너무 슬퍼하지 말고, 여기 머물다가 난리가 진정된 뒤에 내려가도록 해라."

양소유는 눈물을 씻고 자리에 앉았다. 그때 도사가 벽 위의 거문고를 가리키며 물었다.

"거문고를 탈 줄 아느냐?"

"조금 알지만, 잘하지는 못합니다."

도사는 거문고를 꺼내 연주하기 시작했다. 양소유는 지금껏 이렇게 청아하고 맑은 소리를 들어 본 적이 없었다. 도사는 양생에게도 거문고를 연주해 보라고 권했다. 양소유는 도사의 곡조를 본받아 연주했다.

이번에는 도사가 퉁소 부는 법을 가르쳐 주었고, 양소유는 또

쉽게 따라 했다. 도사는 크게 기뻐하며 퉁소와 거문고를 건넸다.

"이것들을 잘 가지고 있게나. 나중에 쓸 일이 있을 것이다."

양소유가 도사에게 절을 올렸다.

"아버지께서 신선님을 만나도록 이끌어 주신 것 같습니다. 신선님의 제자가 되겠습니다."

도사가 껄껄 웃었다.

"온갖 부와 명성이 너를 따를 텐데, 어찌 나 같은 이를 좇아 속절없이 늙으려 하느냐? 너는 말년에 돌아갈 곳이 있다. 여기 있을 사람이 아니다."

양소유가 다시 절을 하고 나서 물었다.

"제가 화음 땅의 진씨 댁 여인과 혼사를 약속했는데, 난리에 쫓겨 이곳으로 오고 말았습니다. 뒷날 여인과 혼인할 수 있겠습니까?"

도사가 크게 웃었다.

"너의 인연은 여러 곳에 있다. 진씨와의 혼사만을 생각하진 말거라."

양소유는 도사가 마련해 준 조그만 거처에서 잠들었다.

다음 날 도사가 양소유에게 말했다.

"이제 난이 평정되었고 과거는 다음 봄으로 미루어졌다. 어서 고향으로 돌아가 어머니 근심을 덜어 드리거라."

양소유는 큰절을 한 뒤 밖으로 나왔다.

길을 걷다가 뒤를 돌아보니 집은 이미 온데간데없었고, 짙은 구름만 가득할 뿐이었다. 양소유가 산으로 들어갈 때는 분명 봄이었는데, 지금은 가을 국화가 활짝 피어 있었다. 이상하게 여긴 양소유가 지나가는 이에게 물으니, 어느새 9월이라고 했다.

양소유는 나귀를 재촉해 진 어사 집을 찾아갔다. 버드나무는 흔적도 없이 사라졌고, 집은 쑥대밭이 되어 있었다. 양소유가 객사로 돌아와 주인에게 물었다.

"진 어사의 가족들이 어디로 갔는지 아시오?"

주인은 안타까워하며 대답했다.

"아, 소식을 듣지 못하셨군요. 진 어사는 역적으로 몰려 죽었습니다. 아가씨는 서울로 잡혀갔는데 죽었다고도 하고, 궁중 노비가 되었다고도 하는데 자세히는 모르겠습니다."

양소유는 눈물을 흘리며 탄식했다.

"아가씨는 분명 죽었겠구나. 신선님이 진 아가씨와의 인연만을 생각하지는 말라고 하셨지만……."

양소유는 그길로 짐을 꾸려 고향으로 향했다.

그 무렵 유씨 부인은 장안에 난리가 났다는 소문을 듣고 아들 걱정만 하고 있었다. 양소유가 돌아오자 부인은 아들을 얼싸안으며 기쁨의 눈물을 흘렸다.

어느덧 한 해가 지나고 새로운 봄이 왔다. 양소유가 또다시 과거를 보러 가려고 하자, 유씨 부인이 말했다.

"작년에 네가 겪은 일을 생각하면 지금도 가슴이 떨리는구나. 네 나이가 어리니 급하게 과거 시험을 볼 필요는 없을 것이다. 그런데도 굳이 말리지 않는 이유는, 세상에 나아가 뜻을 펼치고 싶은 너의 마음을 이해하기 때문이다.

다만 네가 벌써 열여섯이니 지금 혼인하지 않으면 때가 늦을 것 같구나. 마침 장안 자청관*이란 곳에 두 연사라 하는 분이 나의 외사촌이시다. 무척이나 지혜롭고 마음이 넓으신 분이지. 장안에 도착하면 그분을 찾아뵙거라. 너에게 딱 맞는 어진 배필을 구해 줄 것이다."

그리고 편지를 한 통 써 주었다. 양소유는 어머니께 작별 인사를 하고 길을 떠났다.

* **자청관** 하늘에 드리는 제사를 주관하는 관청.

•

"저는 낭군님의 밥 짓고 물 긷는 하녀라도 될까 합니다."

가만히 말을 듣던 양소유가 말했다.

"가난한 내가 어찌 첩을 두겠느냐.

어머니께 말씀드려 아내로 삼겠다."

•

저 **계섬월**은
낭군을 따르렵니다

　장안으로 향하던 중 며칠이 걸려서 낙양이라는 곳에 이르렀다. 이곳은 예전의 수도답게 번화하고 분주했다. 양소유가 거리를 구경하는데, 마침 누각 위쪽에서 시끌벅적한 소리가 들렸다. 양소유가 주위 사람에게 무슨 일이냐고 물었다.

　"성안의 모든 선비들이 모여 잔치를 벌인답니다. 기생들도 많다고 하네요."

　양소유는 누각 위로 올라가 보았다. 그곳에서 여러 선비가 수십 명의 미인을 데리고 떠들썩하게 잔치를 벌이고 있었다. 선비들은 단정한 차림의 양소유를 보고 모두 일어나 예를 갖추어 인사했다.

　한 선비가 물었다.

"과거 보러 가십니까?"

"네, 비록 재주는 없지만 그렇습니다. 그런데 여긴 그저 먹고 마시는 잔치가 아니라, 서로 시를 짓고 비교해 보는 자리인 것 같습니다. 부족한 제가 함께해도 될는지요?"

양소유의 말이 겸손한 데다가 나이까지 어려 보이니 여러 선비들은 속으로 깔보았다.

"뭐 그렇긴 하지요. 기왕 왔으니 술이나 먹고 가시구려."

선비들은 잔을 돌리고 시끌벅적하게 풍악을 울리게 했다. 그런데 모든 기생이 재주를 뽐내고 있었지만, 오직 한 여인만은 자리에 다소곳이 앉아 있었다. 창틈으로 햇살이 비치자, 연지를 바른 여인의 하얀 얼굴이 붉게 도드라져 빛났다. 여인을 본 양소유는 정신이 황홀해졌다. 여인도 양소유를 의식하더니, 은근한 시선으로 바라보며 추파를 보냈다.

여인의 앞에는 글을 쓴 종이가 여러 장 놓여 있었다. 양소유가 선비들을 향해 물었다.

"이 글은 여기 계신 분들께서 지으신 것이지요? 제가 한번 봐도 되겠습니까?"

선비들이 미처 대답하기도 전에 여인이 급히 일어나더니 종이를 양소유 앞에 가져다주었다. 양소유가 하나하나 살펴보니 그저 평범한 문장들이라 썩 좋은 시라고 할 수 없었다.

'허, 낙양에 인재가 많다고 누가 그러던가? 참으로 헛된 말이로구나!'

그래도 겉으로는 예의를 차렸다.

"덕분에 제가 수준 높은 문장을 구경하였습니다."

그때 몇몇 선비가 술에 취해 웃으며 말했다.

"양 형은 글 좋은 것만 아나 봅니다. 글보다 더 좋은 일이 있는 줄은 알지도 못하는구려."

"아니, 그게 무슨 말입니까?"

왕생이라 하는 선비가 웃으며 말했다.

"저 미인의 이름은 계섬월이오. 미모가 출중하고 춤과 노래 역시 으뜸인 데다가 글을 보는 안목까지 높다오. 오늘 여기 있는 모든 글 중에서 가장 뛰어난 글을 뽑아서 계 낭자가 노래할 것이오. 그러면 그 글을 지은 사람이 오늘 밤 계 낭자와 꽃다운 인연을 맺기로 했다오. 양 형도 남자이니 글을 한번 지어 보는 게 어떻소?"

양소유가 물었다.

"계 낭자가 여기 있는 글 중에 누구의 글을 노래했습니까?"

왕생이 답했다.

"부끄러워서인지 아직 아무 글도 노래하지 않았다오."

"저는 여기 계신 분들과 재주를 겨루기에는 한참 모자랍니다."

왕생이 크게 웃으며 말했다.

"사람 참. 그냥 한번 해 보시오. 양 형의 얼굴이 여자처럼 곱긴 하나 그래도 남자 아니오? 뭐 글재주가 없다면 어쩔 수 없지만 말이오. 하하하!"

딱히 글을 지을 마음이 있던 것도 아니었는데 이런 말을 들으니 기분이 상했다. 양소유는 즉시 붓을 들어 거침없는 필체로 시를 써 내려갔다. 목마른 말이 단숨에 물을 들이키듯, 순풍을 받은 배가 거침없이 나아가듯 시를 썼다.

얼마 뒤 양소유가 시 쓰기를 마치고 말했다.

"계 낭자. 먼저 이 시를 살펴보고 평가해 주시오."

계섬월은 시를 읽어 보더니 청아한 목소리로 곡조를 붙여 노래하기 시작했다.

초나라 나그네가 서쪽에서 놀다가 진나라에 드니,

술집에 와 낙양춘 술에 취하였도다.

달 가운데 붉은 계수나무, 누가 먼저 꺾을까?

이 문장 속에 저절로 사람이 있도다.

자기들이 깔보던 양소유의 시를 계섬월이 읽는 것을 보고, 여러 선비들은 아무 말도 하지 못하였다.

양소유가 먼저 일어나 작별 인사를 했다.

"지나가는 나그네에게 이렇게 후한 대접을 해 주시니, 참으로 감사한 일입니다. 저는 갈 길이 멀어서 이만 떠나겠습니다. 먼 훗날 다시 뵙길 바랍니다."

양소유가 누각을 내려오자 계섬월이 급히 쫓아와 말했다.

"이 길로 쭉 가시면 담장 밖에 앵두꽃이 만발한 집이 있습니다. 그곳이 제 집입니다. 거기서 저를 기다려 주십시오. 곧 따라가겠습니다."

양소유는 고개를 끄덕이고 곧장 길을 떠났다.

계섬월은 누각에 올라 여러 선비에게 말했다.

"앞서 제가 노래하게 되는 시의 주인이 저의 짝이라고 하셨지요. 제가 아까 그 선비님의 시를 노래했으니, 이제 어찌하면 좋겠습니까?"

"양소유는 단지 지나가는 손님일 뿐이다. 원래 이곳 사람도 아닌데 그깟 약속이야 어기면 되지 않느냐?"

계섬월이 말했다.

"신의 없는 행동이 어찌 옳다 하겠습니까? 저는 먼저 가겠습니다. 여기 계신 분들은 잔치나 마저 즐기십시오."

그러고는 누각 아래로 내려갔다. 찬바람이 도는 계섬월의 말에 그 누구도 한마디도 하지 못하였다.

한편 양소유는 객사에 머물다가, 날이 저물자 계섬월의 집을 찾아갔다. 계섬월은 먼저 와서 촛불을 켜고 기다리고 있었다. 양소유가 앵두나무에 나귀를 매고 문을 두드렸다.

"거기 있느냐?"

계섬월은 신을 벗고 내달아 양소유를 맞이했다.

"먼저 가신 선비님이 어찌 이제야 오십니까?"

양소유가 웃으며 말했다.

"주인이 손님을 기다리는 게 맞는가, 손님이 주인을 기다리는 게 맞는가?"

둘은 서로 손을 잡고 방에 들어가 취하도록 술을 마셨다. 그리고 길고 긴 밤을 즐기며 오래도록 둘만의 정을 쌓았다.

달도 잠든 깊은 밤이었다. 계섬월이 문득 눈물을 머금고 탄식하며 이야기를 꺼냈다.

"일생을 낭군께 맡겼으니, 제가 살아온 이야기를 해도 되겠지요? 저는 소주 지방 출신입니다. 고을 태수*이신 아버님이 돌아가신 뒤로 집안이 몰락하여, 아버님의 장례를 치를 돈도 없게 되었습니다. 그러자 저의 의붓어머님이 돈 100냥에 저를 기생집에 팔아넘겼지요. 그때부터 슬픔을 머금고 말로 다할 수 없는 치욕을 느끼

* **태수** 옛날 중국의 지방관.

며 살아왔답니다.

그러나 하늘의 도움으로 이렇게 낭군을 만났으니, 제 인생에 해와 달이 다시 밝은 듯합니다. 낭군께서는 첩을 더럽다고 여기지 않으시겠지요? 그렇다면 저는 낭군님의 밥 짓고 물 긷는 하녀라도 될까 합니다."

가만히 말을 듣던 양소유가 말했다.

"가난한 내가 어찌 첩을 두겠느냐. 어머니께 말씀드려 아내로 삼겠다."

"낭군님, 어찌 그런 말씀을 하십니까? 지금 천하에 낭군보다 재주가 뛰어난 사람은 없을 것입니다. 낭군께선 이번 과거 시험에서 반드시 장원으로 급제하실 테고, 머지않아 높은 벼슬에 오르실 것입니다. 그런데 어찌 이 몸이 선비의 사랑을 독차지하겠습니까? 왜 저와 같은 여인을 아내로 삼으려 하십니까? 낭군께선 부디 명문가의 어진 여인을 구하여 아내로 삼으십시오. 다만 나중에라도 첩을 버리지만 말아 주셔요."

"지난날 화음 땅을 지나다가 용모와 재주가 뛰어난 여인을 만난 적이 있소. 하지만 큰 난리를 만나 그 여인과 헤어지게 되었다오. 이제 어디 가서 어진 아내를 구하겠소?"

"그 처자는 분명 진 어사의 딸 채봉이겠지요. 진 어사가 낙양 태수로 오셨던 때에 제가 그 낭자와 친하게 지냈기에 잘 알고 있습니다. 그런 용모과 재주를 가진 여인을 찾기는 어렵습니다. 이제는 속절없으니 더는 생각지 마시고 다른 데 구혼하십시오."

"천하의 미녀는 같은 시대에 살지 않는다 하였다. 그대와 진채봉이 있는데 또 어디 가서 구하겠는가?"

계섬월이 빙긋 웃었다.

"낭군님께선 마치 우물 안 개구리 같으십니다. 기생들 사이에 떠도는 소문을 잠시 말씀드리겠습니다. 천하의 기생 중에 진정한 미녀가 셋 있으니, 강남의 만옥연, 하북의 적경홍, 낙양의 계섬월입니다. 저 계섬월은 운 좋게 둘 사이에 이름을 올렸지요. 하지만 만옥연과 적경홍은 정말 아름다운 여인들입니다. 어찌 천하에 미녀가 없다고 하십니까?"

양소유도 계섬월의 말을 듣고 미소 지었다.

"아니다. 저들이 외람되게도 그대와 이름을 가지런히 한 것이지."

"만옥연은 먼 지방 사람이라 제가 직접 보지 못했으나, 적경홍은 저와 자매처럼 친하게 지냈기에 잘 압니다.

적경홍은 패주 지역양민의 딸입니다. 어려서 부모를 잃고는 고모에게 의지해 살았지요. 10살 때부터 아름다운 외모로 명성을 떨쳤고, 주위에 중매쟁이가 구름같이 모여들었습니다. 그러나 적경홍은 모두를 물리치고 천하의 영웅호걸을 만나기 위해 스스로 기생이 되었답니다.

예전에 적경홍이 저와 약속한 게 하나 있습니다. 두 사람 중 어느 누구라도 진실된 군자를 만나게 되면, 그 사람을 함께 섬기자고 했던 것입니다. 이제 저는 낭군을 만나 소원을 이루었습니다. 적경홍은 지금 지방의 권세 있는 제후의 궁궐에 있습니다. 그곳에서 부귀영화를 누리고는 있지만, 진정 바라던 삶은 아니니 안타까울 따름입니다."

양소유가 말했다.

"그래, 기생 중에는 미녀가 많을지도 모르겠구나. 그런데 나는 아직 사대부 집의 규수는 보지 못했다."

"진 낭자도 매우 아름답지만, 장안의 정 사도댁 아가씨도 용모와 재덕이 천하제일이라 합니다. 나중에 장안에 가시거든 한번 살펴보십시오."

이야기를 나누다 보니 어느새 날이 밝았다. 계섬월이 말했다.

"이곳은 낭군께서 오래 머무실 곳이 못 됩니다. 언젠가 다시 만나게 될 것이니 지금은 길을 떠나시는 게 좋겠습니다."

양소유는 계섬월의 말에 눈물이 났다.

"내 과거에 급제한 뒤 반드시 돌아오겠소. 그때까지 잘 지내기를 바라오."

어디선가 불어오는 바람에 앵두나무 꽃잎이 이리저리 흩날렸다. 양소유는 계섬월과의 이별을 슬퍼하며 집 밖으로 나섰다.

●

"한 번만 보게 해 주십시오."

두 연사는 한숨을 푹 쉬었다.

"아가씨는 좀처럼 바깥으로 나오지 않으신다.

네가 하늘을 나는 것도 아니고, 어찌 만나겠느냐?"

●

어떻게 하면

정경패를 볼 수 있나?

양소유는 며칠이 걸려 장안에 도착했다.

머무를 곳을 정하고 나니 문득 두 연사를 찾으라던 어머니의 말이 생각났다. 양소유는 자청관으로 선물을 들고 찾아갔다. 두 연사는 육십이 넘은 할머니였다. 양소유가 어머니의 편지를 전했더니, 두 연사가 눈물을 흘렸다.

"네 어머니와 이별한 지 벌써 20년이 지났다. 네가 이렇게 컸으니 세월이 참으로 빠르도다. 편지에는 너의 배필을 구해 달라는 말이 적혀 있구나. 하지만 신선 같은 네 모습을 보니 어울리는 짝을 찾기가 쉽지 않을 듯하다. 고민해 볼 테니 며칠 뒤에 다시 오너라."

며칠이 지나고 나서 양소유가 다시 두 연사를 찾아갔다. 연사는 반갑게 맞아 주었다.

"그대의 배필이 될 만한 여인을 찾았다네. 삼대에 걸쳐 정승을 지낸 명문 가문의 딸이지. 자네가 이번 과거 시험에 장원 급제하면 혼사를 넣어 볼 수 있을 걸세. 열심히 공부하여 장원 급제를 하게."

"어느 댁 낭자입니까?"

"정 사도댁 아가씨라네. 이름은 경패라 하지."

'정 사도댁 낭자!'

계섬월이 말한 그 여인이었다.

'대체 어느 정도로 아름답기에 이토록 유명하단 말인가?'

양소유가 물었다.

"이모님께서는 그 아가씨를 직접 보신 적이 있으십니까?"

"물론이지. 정말 하늘에서 내린 선녀 같다네."

"과거에 장원 급제할 자신은 있습니다. 다만 아가씨를 먼저 볼 수 있게 해 주십시오. 그렇지 않으면 구혼하지 않겠습니다."

두 연사는 크게 웃으며 대답했다.

"어찌 외간 남자가 재상집 처녀를 만나느냐? 너는 내 말을 믿지 못하는구나."

"그것이 아닙니다. 다만 사람마다 보는 눈이 다르니, 이모님과 저의 생각이 다를까 봐 걱정이 되어서 그렇지요."

"아무리 무식한 계집이라도 봉황과 기린이 상서로운 줄은 알고,

아무리 천한 시골 사람이라도 푸른 하늘과 태양이 높고 밝은 줄은 안다. 하물며 노인의 눈이 아무리 밝지 못하다 해도 너보다 사람 볼 줄 모르겠느냐.”

양소유는 뜻을 꺾지 않았다.

“저는 직접 보지 못하면 의심이 풀리지 않습니다. 한 번만 보게 해 주십시오.”

두 연사는 한숨을 푹 쉬었다.

“쉽지 않아, 쉽지 않아……. 아가씨는 좀처럼 바깥으로 나오지 않으신다. 네가 하늘을 나는 것도 아니고, 어찌 만나겠느냐?”

그러다 불현듯 생각이 난 듯 말했다.

“한 가지 방법이 있기는 한데…….”

양소유가 반겼다.

“낭자를 만날 수만 있다면 하늘에라도 오르고, 깊은 연못에라도 들어가겠습니다. 어떻게 하면 되겠습니까?”

“혹시 거문고를 탈 줄 아느냐?”

“지난해 한 도사님을 만나 배웠습니다.”

“그럼 여인의 옷을 입고 정 사도댁에 가서 거문고를 타는 것은 어떻겠는가? 정 사도의 부인 최씨가 거문고를 좋아하고, 아가씨도 음악에 조예가 깊다네. 그래서 종종 거문고를 잘 타는 여인을 불러 놓고, 딸과 함께 그 소리를 듣고는 하지.

마침 다음 달 그믐날이 정 사도의 생일인데, 해마다 이곳에 시녀를 통해 자청관에 향촉을 보낸다네. 그때 자네가 여자 옷을 입고 거문고를 타면, 시녀의 눈에 띄지 않겠는가? 그럼 시녀가 돌아가 부인께 아뢰어 자네를 부를지도 모르겠네. 성공하면 자네는 아가씨를 직접 볼 수 있겠지."

마침내 그날이 되자 두 연사의 말대로 정 사도의 시녀가 자청관에 왔다. 때맞춰 양소유는 여자로 분장하고 별당에서 거문고를 탔다. 시녀가 거문고 소리를 듣고는 두 연사에게 물었다.

"지금껏 이름난 거문고 소리를 많이 들었지만 이런 소리는 처음입니다. 연주하는 분은 대체 누구십니까?"

두 연사가 대답했다.

"엊그제 한 여자아이가 장안 구경을 와서 여기에 머물고 있다네. 아이가 때때로 거문고를 타던데, 나는 음악을 도통 모르니……. 그대가 이렇게 칭찬하는 것을 보니 잘하긴 하나 보구나."

"그럼요. 저희 부인께 이 이야기를 드리면 참으로 기뻐하실 것입니다. 부디 저분을 이곳에 잠시 머물도록 해 주십시오."

시녀는 몇 번이나 당부하고서야 돌아갔다.

바로 다음 날, 정 사도댁에서 거문고 타던 여인을 초청하였다. 양소유는 여자 옷을 입은 채 가마를 타고 곧바로 정 사도댁으로 갔다. 정 사도의 아내 최씨 부인이 앉아서 반갑게 맞았다.

"어제 집안 사람 하나가 자청관에 갔다가, 신선의 음악을 듣고 왔다며 칭찬을 아끼지 않았다네. 대체 누굴까 궁금했는데 과연 그대는 하늘에서 온 선녀처럼 곱구나."

양소유는 애써 여자 목소리를 냈다.

"첩은 원래 천한 초나라 땅 사람입니다. 외로운 구름처럼 이곳저곳 떠돌다가 오늘에야 부인을 뵙게 되니, 이게 다 하늘의 뜻인가 합니다."

부인은 양소유의 거문고를 자세히 살펴보았다.

"거문고가 무척 독특하구나. 어떤 나무로 만든 것이냐?"

양소유가 대답했다.

"용문산에서 100년 자란 오동나무로 만든 것입니다. 지금은 천금을 준다 해도 얻지 못하지요."

그런데 정경패의 모습이 보이지 않았다. 양소유는 마음이 급해져 최씨 부인께 아뢰었다.

"제가 비록 옛 노래를 연주하나 음이 어떤지는 잘 알지 못합니다. 마침 이곳 아가씨께서 음을 잘 아신다고 들었습니다. 부디 아가씨께 가르침을 듣고 싶습니다."

최씨 부인이 시녀를 시켜 정경패를 불렀다.

잠시 후 정경패가 비단 장막을 걷고 나와서 부인 옆에 앉았다.

양소유는 정경패를 넋이 나간 듯 바라보았다. 태양이 붉은 안개 속에서 차차 떠오르듯, 아리따운 연꽃이 물 가운데에서 피어나듯 마음이 황홀해졌다. 양소유는 정경패의 얼굴을 자세히 보고 싶어서 꾀를 냈다.

"아가씨의 가르침을 새겨듣고 싶지만, 거리가 멀어 자세히 듣지 못할까 염려스럽습니다."

최씨 부인이 정경패의 자리를 양소유 가까이로 옮겨 주었다.

그제야 양소유가 거문고를 무릎 위에 놓고 줄을 고른 뒤, 한 곡조 연주했다. 정경패가 말했다.

"아름답도다! 이 곡은 〈예상우의곡(霓裳羽衣曲)〉이다. 하지만 원래는 세속적이고 음란한 노래이니, 지금 이 자리에는 적당하지 않구나. 다른 곡을 연주해 보아라."

양소유는 곧바로 다른 곡을 연주했다.

"이 곡은 〈옥수후정화(玉樹後庭花)〉이다. 음률이 무척 곱지만, 나라가 망할 때 불리던 노래이다. 다른 곡을 들려 다오."

양소유가 또 다른 곡을 연주하니 정경패가 말했다.

"이 곡은 오랑캐에게 잡혀갔다 돌아온 채문희*가 이별한 두 자식을 생각하며 지은 〈호가십팔박(胡茄十八拍)〉이로다. 소리는 아름답지만 절개를 잃은 여인의 곡이니 어찌 들을 만하겠느냐?"

양소유가 또 한 곡조를 타니 정경패가 말하였다.

"왕소군*이 연주하던 〈출새곡(出塞曲)〉이구나. 오랑캐 땅의 노래를 어찌 듣겠느냐?"

또 한 곡을 타니 정경패가 말했다.

"참 오래간만에 듣는 곡이다. 그대는 보통 사람이 아니구나. 이는 〈광릉산(廣陵散)〉이라는 곡이다. 혜숙야*가 도적을 물리치고 천하를 맑게 하고자 했지만, 뜻밖에 모함을 당해 한을 품고 이 곡을 지었다고 한다. 후세에 전한 사람이 없다고 들었는데 이 곡을 어디서 배웠느냐?"

양소유가 절을 올리고 말하였다.

"아가씨의 안목이 참으로 대단하십니다. 제 스승님께서도 똑같이 말씀하셨습니다."

또 한 곡을 연주하니 정경패가 말했다.

"백아의 〈수선조(水仙操)〉다. 그대가 백아의 지음(知音)*이구나."

* **채문희** 중국 동한(東漢) 시기의 여성 문학가. 흉노에게 포로로 잡혀 두 아들을 낳은 뒤 12년 만에 다시 고국으로 돌아왔다.
* **왕소군** 양귀비, 서시, 초선과 더불어 중국 4대 미녀 중 한 명. 중국 전한(前漢) 원제 때의 궁녀이며 평화 관계를 유지하기 위해 흉노의 왕에게 보내졌다.
* **혜숙야** 중국 삼국 시대 위나라의 시인.
* **지음** 마음이 서로 통하는 친한 벗을 비유적으로 이르는 말. 거문고의 명인 백아가 자기의 소리를 잘 이해해 준 벗 종자기가 죽자 자신의 거문고 소리를 아는 자가 없다고 하며 거문고 줄을 끊었다는 데서 유래한다.

양소유가 또 한 곡조를 타니 정경패가 옷깃을 여미고 고쳐 앉아 말했다.

"이는 공자의 〈의란조(倚蘭操)〉다. 천하를 건지려는 큰 덕이 있으나 아직 때를 만나지 못한 이의 탄식이 있는 곡이지."

양소유가 말했다.

"아홉 곡을 연주하면 하늘의 신령이 내려온다 합니다. 이제 여덟 곡을 연주했으니 마지막 한 곡을 마저 탈까 합니다."

양소유는 호흡을 다듬고 자세를 고쳐 앉아 거문고를 연주하기 시작했다. 곡은 느리고도 빠르며, 강하고도 부드러워 듣는 사람의 마음을 강렬하게 끌어당겼다. 그런데 곡을 듣던 정경패의 얼굴이 붉어졌다. 정경패는 눈을 들어 양소유를 자세히 쳐다보았다. 그리고는 무언가를 깨달은 듯 곧바로 일어나 부끄러운 표정으로 안에 들어가 버렸다. 양소유는 놀라서 거문고를 밀치고 정경패의 뒷모습을 바라보았다.

최씨 부인이 물었다.

"방금 연주한 곡은 무엇인가?"

"스승님께 배웠지만 곡의 이름은 알지 못합니다. 아가씨의 가르침을 듣고 싶습니다."

최씨 부인이 시녀를 시켜 정경패를 불렀다. 잠시 뒤 시녀가 돌아와 전했다.

"갑자기 몸이 불편해져서 나오기 어렵다고 하십니다."

양소유는 혹시 정경패가 자신이 남자라는 사실을 알아챈 것은 아닌지 불안해졌다. 그리하여 얼른 자리를 피하기로 하고 작별 인사를 했다.

"아가씨께서 몸이 불편하시다니 저는 이만 물러가겠습니다."

부인이 상으로 비단을 주었지만 양소유는 극구 사양하고 자리를 떴다.

한편 정경패는 시녀에게 물었다.

"춘운의 병이 어떠하냐?"

시녀가 대답했다.

"이미 다 나았습니다. 지금은 아가씨와 함께 거문고 소리를 듣겠다며 세수를 하고 있습니다."

"어서 춘운을 이곳으로 데려와라."

춘운의 성은 가씨이다. 그녀는 어려서 부모님을 잃고 아무 데도 의지할 곳이 없었는데, 정 사도 부부의 도움으로 이곳에 머물고 있었다. 가춘운은 아름다운 용모와 단정한 태도를 지녔으며, 비록 정경패와는 주인과 종의 관계였지만 자매처럼 서로 친하게 지내고 있었다.

가춘운이 정경패의 방에 와서 물었다.

"아가씨, 어떤 여인이 거문고를 무척 훌륭하게 연주했다던데 어찌 벌써 나오셨습니까?"

정경패가 여전히 붉어진 얼굴로 조용히 대답했다.

"내가 항상 예를 지키고 몸가짐을 조심했다는 걸 너도 알 것이다. 그런데 하루아침에 간사한 사람에게 평생 씻지 못할 모욕을 당했으니 어찌 얼굴을 들고 다니겠느냐.”

“대체 무슨 일이십니까?”

“아까 왔던 여인은 외모가 참으로 고왔다. 거문고 연주 역시 너무나 훌륭했지. 그런데 마지막 곡, 아……. 그걸 듣고 나서야 비로소 눈치챘다. 그 곡은 여자를 유혹하는 노래였어. 호방하고도 음탕한 기운이 담겨 있었지. 그제야 여인의 얼굴을 자세히 보았는데, 그 여인은 계집이 아니었다. 분명 어떤 간사한 사내가 나를 보고자 옷을 바꿔 입고 온 것이지. 생각해 보아라. 규중처녀*로서 평생에 보지 못하던 사내와 반나절이나 말을 주고받았으니, 천하에 어찌 이런 일이 있을 수 있겠느냐? 너무나 부끄러워 부모님께 말씀드리지 못하고 너에게만 말하는 것이다.”

가춘운이 얼굴에 미소를 띠었다.

“너무 개의치 마시어요. 비록 거문고를 연주한 이가 남자라 할지라도, 용모가 빼어나고 연주도 훌륭하다니 재주 많은 사람이란 것은 확실하니까요.”

두 사람은 정답게 이야기를 나누었다.

얼마 뒤, 정 사도가 과거 합격자 명단을 가지고 와 최씨 부인에

* **규중처녀** 집 안에 들어앉아 있는 처녀.

게 보여 주며 말했다.

"내 아이의 혼사를 정하지 못해 밤낮으로 걱정했는데, 오늘에야 그 걱정을 덜었소. 드디어 사윗감을 찾았소."

"어떤 사람입니까?"

"이번에 장원을 한 양소유라는 자요. 나이 열여섯에 회남 땅 사람이라지. 모든 이가 그의 문장을 칭찬하는 걸 보면 참 재주가 많은 사람인 것 같소."

최씨 부인이 말했다.

"열 번 듣는 게 한 번 보는 것만 못하다 하니, 직접 본 뒤에 정하십시오."

정경패가 옆에서 이 말을 듣고서는 즉시 가춘운에게 귀띔했다.

"저번에 거문고 타던 여인이 초나라 땅 사람이라 했는데, 회남은 옛 초나라 땅이다. 혹시 장원 급제했다는 양소유라는 자가 예전에 거문고 타던 여인이 아닌가 의심되는구나. 네가 가서 자세히 보고 오렴."

가춘운이 웃으며 대답했다.

"저는 그 여인을 보지 못했는데 제가 어찌 알겠습니까. 아가씨께서 몰래 엿보시면 어떨까요?"

"한번 치욕을 당했는데 또다시 보고 싶겠니?"

정경패는 고개를 절레절레 저었다.

한편 양소유는 과거에 급제한 뒤, 한림원*에 들어가 천하에 이름을 떨치고 있었다. 수많은 귀족 집안에서 중매쟁이를 보내 구혼을 해 왔다. 하지만 양소유는 정경패와 혼인하겠다는 마음으로 모든 제안을 거절했다.

* **한림원** 중국 당나라 현종 초기에 설치된 관청. 중국의 뛰어난 문필가들이 모이는 곳이었다.

•

"오랫동안 기다렸습니다. 어찌 이리 늦으셨습니까?"

노을빛을 배경으로 선 그녀의 모습은 세상 사람이 아닌 듯했다.

여인의 고운 모습을 바라보니 문득 황홀한 마음이 일었다.

•

가춘운이 귀신이 된
것이랍니다

　　며칠 뒤 양소유는 정 사도의 집을 찾아 인사를 드렸다. 정 사도
는 풍채가 뛰어나고 예의 바른 양소유를 마음에 들어 하며 기쁨을
감추지 못했다.

　　이때 가춘운이 시녀들을 불러서 물어보았다.

　　"전에 거문고를 타던 여인이 무척이나 아름다웠다고 들었어. 저
기 계신 양 한림과 비교하면 어떤 것 같니?"

　　"어머! 그리고 보니 그 여인과 정말 닮았는걸."

　　'역시…… 그랬구나.'

　　가춘운이 속으로 생각했다.

　　한편 정 사도는 양소유에게 정경패와의 혼인에 대해 물었다.

"나에겐 아들이 없고 딸자식만 하나 있는데, 아직 혼처를 정하지 못하였다. 그대가 내 사위가 되는 것이 어떠한가?"

양소유는 곧바로 정 사도에게 절을 올렸다.

"아가씨의 고운 마음씨와 뛰어난 재주에 대해서는 일찍이 들었습니다. 혼사를 허락해 주신다면 하늘 같은 은혜로 여기겠습니다."

정 사도는 크게 기뻐하며 술과 안주를 대접했다.

한편 최씨 부인이 정경패를 불러 말했다.

"사람들이 입을 모아 양 한림을 칭찬하더구나. 네 아버지께서 혼인을 허락하셨단다."

정경패가 물었다.

"양 한림이 전에 거문고를 타던 여인과 무척 비슷하게 생겼다고 들었습니다. 정말 그러합니까?"

"그래. 그 여인을 다시 부르려고 했지만 일이 많아 그러질 못했다. 마침 오늘 양 한림을 보니 그 여인을 다시 만난 듯해 무척이나 즐겁더구나."

"양 한림이 비록 뛰어난 자라 하지만 의심 가는 점이 있습니다. 그렇기에 이 혼인은 마땅치 않습니다."

"그게 대체 무슨 소리냐? 의심 가는 점이라니?"

부인은 깜짝 놀랐다.

"부끄러워 어머니께 감히 말씀드리지 못했지만, 양 한림은 전에 거문고를 타던 여인입니다. 간사한 사람의 꾀에 빠져 하루 종일 말을 주고받았으니 어찌하겠습니까?"

최씨 부인이 미처 대답하기도 전에 정 사도가 양소유를 보내고 들어왔다.

"경패야, 오늘 우리 집안은 용을 타고 하늘로 올라가는 경사를 보았다. 어찌 기쁘지 않겠느냐?"

최씨 부인이 정경패의 이야기를 걱정스럽게 전하자, 정 사도는 크게 웃었다.

"하하! 진정으로 풍류가 넘치는 남자로구나. 옛날에 왕유*가 악공으로 꾸민 뒤, 태평 공주의 집에 들어가서 비파를 타고 돌아와 장원 급제했다는 이야기가 있다. 양 한림 또한 너를 보려고 잠시 여장했다고 하니 참으로 재미있구나. 너무 걱정할 필요는 없다."

정경패가 말했다.

"저는 부끄러운 마음보다도, 그에게 속은 것이 한이 됩니다."

"그것은 내가 알 바 아니다. 훗날 양 한림에게 물어보아라."

정 사도는 웃으며 말하고는 부인에게 일러두었다.

"혼례는 양 한림이 고향에서 어머니를 모셔 온 뒤에 하자고 하더이다. 그동안 양 한림을 우리 집에서 지내도록 했소이다."

* **왕유**(약 699~761년) 중국 당나라의 시인.

며칠 뒤부터 양소유는 정 사도 집 별당에 들어와 함께 생활하기 시작했다.

하루는 정경패가 최씨 부인에게 아뢰었다.

"양 한림이 우리 집에 온 뒤로 어머니께서 옷과 음식을 손수 보살피고 계십니다. 제가 돕고 싶지만 혼인하기도 전에 직접 나서는 것은 법도에 어긋납니다. 그러니 가춘운을 보내 양 한림을 섬기게 하는 편이 어떻습니까?"

최씨 부인이 대답했다.

"춘운이라면 믿음직스럽다. 하지만 춘운의 용모와 재주가 너무 뛰어나 걱정이다. 혹시나 춘운이 양 한림을 먼저 섬기면 네가 나중에 부인의 권한을 빼앗기지는 않을지……."

정경패는 흔들림 없는 목소리로 말했다.

"춘운은 저와 함께 오직 한 사람을 섬기기로 마음먹었습니다. 어머님의 걱정은 이해하지만, 크게 걱정하지 마셔요. 양 한림은 벌써 재상가 규방에 들어와 처녀를 희롱하지 않았습니까? 그가 어찌 한 아내만 두고 늙겠습니까? 훗날 승상이 된다면 수많은 여인을 거느리게 될 것입니다."

최씨 부인이 이 사실을 알렸더니, 정 사도는 흔쾌히 허락했다.

"어찌 남자를 빈방에 홀로 두어 촛불만 벗 삼게 하겠소? 춘운이 양 한림을 섬기도록 하시오."

한편 정경패는 가춘운에게 말했다.

"우리 둘은 어려서부터 자매처럼 친하게 지냈지. 이제 나는 한 남자의 아내가 될 처지이다. 너도 나이가 차지 않았니? 어떤 사람을 섬기고 싶은지 궁금하구나."

"어찌 그런 말씀을 하시옵니까? 저는 오직 아가씨를 섬기고자 합니다. 저를 버리지 마셔요."

다시 정경패가 말했다.

"너의 뜻을 안다. 그래서 너와 의논하고 싶은 일이 있다. 지난 번 양 한림이 거문고로 나를 희롱했던 일을 기억하겠지? 네가 나를 위해 그 치욕을 씻어 주었으면 싶구나. 마침 나에게 좋은 생각이 있어. 종남산 깊은 곳에 별장이 한 채 있는데, 그곳에서 양 한림에게 복수하고 싶다. 내 말을 그대로 따라 주겠니?"

"제가 어찌 아가씨의 말씀을 따르지 않겠습니까? 다만 나중에 무슨 면목으로 양 한림을 뵐까 그것이 두렵습니다."

정경패는 웃으며 말했다.

"병사들은 무슨 일이 있어도 장군의 명령을 따른다 하는데, 너는 양 한림만 두려워하는구나."

가춘운도 빙긋 웃으며 대답했다.

"아닙니다. 제가 어찌 아가씨의 뜻을 거스르겠습니까? 어서 방법을 알려 주셔요."

두 여인은 양소유를 놀려 먹을 계획을 의논했다.

한편 양소유는 한가한 날이면 술집에서 술을 마시거나 성 밖에 나가 꽃을 구경하며 지냈다.

하루는 정경패의 사촌 오빠인 십삼이 다가와 말을 걸었다.

"이곳 근처에 종남산 자각봉이 있습니다. 산이 아름답고 경치가 좋으니 같이 구경이나 가는 게 어떻습니까?"

양소유는 흔쾌히 승낙하고는 함께 길을 떠났다.

산 중턱에 이르자 꽃과 풀이 흐드러지게 피어 있는 것이 보였다. 십삼이 시냇물을 가리키며 말했다.

"이 물은 자각봉에서 흘러 내려온답니다. 달 밝은 때는 신선의 노랫소리가 들린다고도 하지요. 저는 아직 한 번도 보지 못했지만, 오늘 양 한림과 함께 올라 신선의 자취를 찾고 싶습니다."

"좋소이다. 얼른 갑시다."

그때 십삼의 하인이 급하게 달려와 아뢰었다.

"나으리! 우리 아씨께서 병이 나셨습니다. 어서 나으리를 집으로 모셔 오라 하십니다."

십삼은 탄식하며 안타까워했다.

"아, 이를 어쩝니까. 집안에 급한 일이 생겨 아무래도 가 봐야 할 것 같습니다. 참으로 아쉽습니다."

그렇게 십삼이 돌아가고, 양소유만 홀로 남았다. 양소유는 혼자라도 올라가 보기로 했다. 산속으로 깊이 들어갈수록 눈앞에 멋진 경치가 펼쳐졌다.

그때 시냇물 위로 나뭇잎 하나가 떠내려왔다. 양소유는 그것을 건져 자세히 살펴보았다. 거기에는 '신선의 삽살개가 구름 밖으로 짖으니, 이는 양 한림이 오는 것이구나.'라고 써 있었다.

"보통 사람의 글이 아니다. 신선이 쓴 것이 분명하다!"

양소유는 깜짝 놀랐다. 계속 깊은 곳으로 들어가자, 그곳에 있던 한 아이가 양소유를 보고 급히 외쳤다.

"아씨, 양 한림께서 오십니다!"

양소유는 더욱 놀라 앞으로 나아갔다. 저 멀리에 작은 집 한 채가 보였다. 그 주위로는 온갖 꽃들이 피어 있었고, 어디선가 두견새 우는 소리가 들렸다.

양소유가 그 집에 들어서자 한 여인이 나와 공손히 인사하며 말했다.

"오랫동안 기다렸습니다. 어찌 이리 늦으셨습니까?"

노을빛을 배경으로 선 그녀의 모습은 세상 사람이 아닌 듯했다. 여인의 고운 모습을 바라보니 문득 황홀한 마음이 일었다. 양소유는 황급히 대답했다.

"저는 인간 세상의 사람입니다. 신선과 만나기로 한 일이 없는데, 어찌 늦게 오셨다고 하십니까?"

그러자 여인이 슬픈 표정으로 이야기했다.

"낭군께선 의심치 마십시오. 옛일을 생각하면 지금도 가슴이 미어질 듯합니다. 저는 본래 선녀 서왕모의 시녀였고, 낭군께서는 하늘의 신선이셨습니다. 어느 날 낭군께서 저를 희롱하셨는데, 옥황상제께서 이 사실을 알고 크게 노하셨지요. 그리하여 낭군을 인간 세상으로 귀양 보내고 첩은 이곳 산속으로 보내셨습니다. 낭군께선 인간의 음식을 드신 까닭에 전생의 일을 기억하지 못하시는군요. 옥황상제께서 저의 죄를 용서하시고 하늘 나라로 돌아오라고 하셨지만, 낭군을 만나 전생의 회포*를 풀고 싶어서 아직도 이곳에 머물러 있었답니다."

달은 하늘 높이 떴고, 별은 반짝이며 주위를 빛내고 있었다. 여인의 말을 들은 양소유는 감정을 주체하지 못했다. 양소유는 여인의 손을 이끌어 방으로 들어갔다. 둘은 오랫동안 남녀의 정을 나누었다.

이윽고 날이 밝아 오자 선녀가 말했다.

"오늘은 제가 하늘 나라로 돌아가는 날입니다. 낭군께선 어서

* **회포** 마음속에 품은 생각이나 정.

이곳을 떠나십시오. 자칫하다간 낭군까지 피해를 입게 됩니다."

양소유가 망설이자 여인은 종이에 시를 써 주었다.

"낭군께서 첩을 잊지 않으시면 다시 뵐 날이 있을 것입니다."

양소유는 눈물을 흘리며 옷소매를 뜯어 답시를 지어 주었다. 여인도 눈물지었다.

"'서산에 달이 지고 두견이 슬피 우니, 한번 이별하면 구만 리 구름 밖에' 이 글귀뿐이군요. 낭군, 어서 떠나십시오."

여인은 거듭 재촉했다. 양소유는 여인의 손을 잡고 눈물을 흘렸다. 그 애절한 정은 차마 보지 못할 정도였다.

집에 돌아온 양소유는 마치 꿈에서 깬 듯 탄식하며 말했다.

"아……. 여인이 떠나는 모습을 보지 못한 게 한이로다."

양소유가 여인을 떠올리며 안타까워하고 있을 때, 십삼이 돌아와서 말을 건넸다.

"어제 집사람의 병 때문에 함께 가지 못해 무척 아쉬웠습니다. 아내가 괜찮아졌으니 다시 한번 가 보는 게 어떻습니까?"

양소유는 십삼의 말이 무척이나 반가웠다.

둘은 다시 여인이 있던 곳으로 향했다. 산으로 오르던 중 서로 술을 나눠 마시는데, 길가의 무덤이 하나 보였다. 양소유는 잔을 잡고 탄식하며 말했다.

"아, 슬프도다. 사람이 죽으면 다 저렇게 되는구나."

십삼이 말했다.

"양 한림은 저 무덤에 대해 잘 모르겠지요. 저것은 장여랑의 무덤입니다. 장여랑은 외모와 재덕이 몹시 뛰어났지만, 나이 스물에 세상을 떴지요. 후세 사람들이 이를 불쌍히 여겨서, 그 무덤 앞에 꽃을 심어 혼령을 위로했답니다. 마침 우리가 이곳에 왔으니 한잔 술로 그녀를 위로하는 게 어떻습니까?"

"그 말이 옳습니다."

양소유는 죽은 이를 애도하는 제문을 짓고 무덤 위에 술을 부었다. 그때 십삼이 무덤에 꽂힌 종이 하나를 발견했다.

"어떤 사람이 이런 글을 지어 무덤 구멍에다 넣었나?"

양소유가 살펴보니 어제 여인과 이별할 때 나누었던 글이었다. 양소유는 소스라치게 놀랐다.

'그 미인이 선녀가 아니라 장여랑의 혼령이었구나.'

문득 등에 땀이 나고 머리털이 하늘로 솟았다. 양소유는 마음을 가다듬고, 무덤에 술 한 잔을 부으며 속으로 빌었다.

'비록 저승과 이승이 다르지만 사람의 정은 같으니 언젠가는 다시 볼 수 있으리.'

그러고는 십삼과 함께 마을로 돌아왔다.

그날 밤 양소유가 별당에 앉아 있는데 창밖에서 발자취 소리가 낳다. 깜짝 놀라 문을 열어 보니 어제 만났던 여인이 서 있었다. 한 편으로는 반갑고 한편으로는 놀라웠다. 양소유가 옥 같은 손을 이끌자 여인이 말했다.

"낭군께서 이미 저에 대해 알고 계신데, 이제 어찌 거짓을 이야기하겠습니까? 사실대로 말씀드리려 했지만, 낭군께서 놀라실까 두려워 선녀 행세를 하였습니다. 오늘 제 무덤에 찾아와 제사를 지내고 술을 부어 주셨으니, 그 은혜를 어찌 갚겠습니까? 다만 귀신의 몸으로는 낭군을 가까이 모시지 못하는 게 한스러울 뿐입니다."

양소유가 대답했다.

"사람이 죽으면 귀신이 되고, 귀신이 환생하면 사람이 됩니다. 결국 그 근본은 같지요. 이승과 저승이 떨어져 있다 한들 우리의 인연을 어찌 잊겠습니까."

양소유는 여인을 끌어안고 함께 밤을 지새웠다. 그 정은 지난날보다 더 깊고 애틋했다. 날이 새자 여인이 말했다.

"저는 날이 밝으면 돌아다닐 수 없습니다."

"그러면 밤마다 만나기로 하지."

미인이 고개를 끄덕이고는 꽃밭 속으로 들어갔다.

그때부터 두 사람은 매일 밤 사랑을 나누었다.

그런데 하루는 십삼이 한 남자를 데리고 양소유를 찾아왔다.

"잘 지내셨습니까?"

"덕분에 잘 지냈지요. 뒤에 계신 분은 누구십니까?"

"두 진인이라는 도사님입니다. 사람의 관상을 보시지요."

양소유는 고개를 굽혀 인사했다.

"만나 뵙게 되어 반갑습니다. 오신 김에 제 관상도 봐 주실 수 있겠습니까?"

두 진인이 양소유의 얼굴을 찬찬히 보며 말했다.

"한림께선 두 눈썹이 빼어나고 눈초리가 귀밑을 향해 있으니 승상 벼슬에 오를 것입니다. 또한 얼굴이 백옥처럼 하얗고 깨끗하니 세상에 이름을 날릴 것이며, 외모가 준수하고 위엄이 가득하니 군대를 이끌고 큰 공을 세울 것입니다. 다만……."

"다만……?"

양소유가 의아한 표정으로 물었다.

"이 말씀을 드려야 할지 모르겠습니다만, 곧 큰 재앙이 들이닥칠 운명입니다. 혹시…… 숨겨 둔 여인이 있습니까?

양소유는 뜨끔했지만 모른 체하며 시치미를 뗐다.

"없소이다."

"옛 무덤을 지나다 슬픈 마음이 든 적은 있으십니까?"

"없소이다."

"그렇다면 꿈속에서 여인을 가까이하십니까?"

"없다고 하지 않았소."

옆에 있던 십삼이 말했다.

"도사님의 말씀은 한 번도 틀린 적이 없습니다. 양 형, 자세히 생각해 보십시오."

양소유가 아무 대답이 없자 도사가 말했다.

"지금 임자 없는 여자 귀신이 양 한림의 몸에 들어가 있습니다. 며칠 뒤면 큰 병에 걸릴 것입니다. 그대로 두면 목숨을 구할 수 없습니다."

양소유는 벌컥 화를 냈다.

"도사의 말이 그럴듯하지만, 여인과 나의 정이 깊은데 어찌 나를 해치겠는가. 사람의 생사는 모두 하늘이 정하는 것이오. 내가 출세할 관상을 지녔다면, 귀신이라도 어찌 나를 해칠 수 있겠는가?"

"저는 더 이상 뭐라 하지 않겠습니다. 한림 마음대로 하십시오."

두 진인은 뒤도 돌아보지 않고 갔다.

양소유는 술에 취해 누웠다가 밤이 되어서야 일어났다. 방에 앉아 향을 피우고 여인을 기다리는데, 갑자기 창밖에서 울음소리가 들렸다. 서둘러 밖에 나가 보니 여인이 눈물을 글썽이고 있었다.

"한림께서 괴상한 도사의 말을 듣고 저를 오지 못하게 하시는군요. 어찌 이리 매정하십니까?"

"그게 무슨 말인가? 어찌 거기 서 있는가?"

"왜 부적을 머리에 감추셨습니까?"

양소유가 상투를 만져 보니 정말로 그 속에는 귀신을 쫓는 부적이 들어 있었다. 양소유는 크게 화를 내며 부적을 찢고 여인에게 다가갔다. 그러나 여인은 뒷걸음질 쳤다.

"다가오지 마십시오. 우리는 영원히 헤어져야 할 운명입니다. 낭군께선 옥체를 편안히 보전하십시오."

여인은 담을 넘어가 버렸다.

양소유는 아쉬운 마음을 뒤로하고 빈방에 홀로 누웠다. 그러나 잠을 이루지 못하고 음식도 먹지 못했다. 그리움은 큰 병이 되었다. 양소유는 점점 야위어 갔다.

하루는 정 사도가 잔치를 열고 양소유를 초청했다. 정 사도는 양소유의 모습을 보고 깜짝 놀랐다.

"얼굴이 어찌 그렇게 초췌한가?"

"요즘 술을 많이 마셔 술병이 난 듯합니다."

정 사도가 빙긋 웃으며 말했다.

"소문을 들으니 밤마다 어떤 여인과 함께 지낸다던데, 그 말이 사실인가?"

양소유는 고개를 절레절레 저었다.

"밤늦게 누가 오겠습니까? 잘못된 소문입니다."

마침 옆에 있던 십삼이 끼어들었다.

"양 형, 숨기려 하지 마십시오. 일전에 양 형께서 도사의 말을 듣고도 깨닫지 못하기에 제가 상투 속에 부적을 몰래 숨겨 뒀습니다. 그 뒤로 밤에 어떤 여인이 울면서 도망치는 것도 보았지요. 어찌 장인어른 앞에서 거짓된 말을 하십니까?"

양소유는 속이 부글부글 끓었다. 정 사도는 그간 무슨 일이 있었는지 물었고, 양소유는 사실대로 말할 수밖에 없었다. 그러자 정 사도는 웃으며 대답했다.

"내가 젊었을 적에 도술을 좀 배워 두어서, 귀신을 부를 수 있다네. 사위를 위해 그 여인을 불러다 마음을 위로해 주겠네."

"어찌 낮에 귀신을 부르시겠습니까? 저를 희롱하지 마십시오."

정 사도는 자리에서 일어나 파리채로 병풍을 치며 말했다.

"장여랑은 있느냐?"

그러자 한 미인이 웃음을 머금고 병풍 뒤에서 나왔다. 양소유가 눈을 들어 보니 과연 장여랑이었다. 황홀한 마음으로 정 사도에게 말했다.

"저 여인이 귀신입니까, 사람입니까? 귀신이 어찌 대낮에 나올 수 있습니까?"

정 사도가 말했다.

"귀신이 아니라, 가춘운이라네. 빈방에서 홀로 외롭게 지내는 사위를 위로하기 위해서 이런 일을 꾸몄다네."

양소유가 말했다.

"위로가 아니라 희롱이십니다."

십삼도 크게 웃으며 말했다.

"그동안 놀려서 미안합니다. 하지만 이 모든 게 양 형이 자초한 일이랍니다."

"아니, 그게 무슨 말입니까?"

"사내가 계집이 되어 거문고로 규중처녀를 희롱하지 않았습니까? 그러니 사람이 선녀 되고 귀신 되는 것도 이상하지 않답니다."

"하하. 이거 내가 당했구려."

그 뒤로는 모든 사람이 즐거워하며 잔치를 즐겼다.

비 내린 천진 땅 버들꽃이 새롭구나.

따스한 바람은 지난날의 봄과 비슷하도다.

관직에 올라 이곳에 돌아왔지만

큰 상 놓고 술 권하는 이를 보지 못하니 슬프구나.

적경홍을
만나다

    양소유는 고향에서 어머니를 모셔 와 정경패와 혼례를 올리려
고 했지만, 나라에 일이 많아 도저히 자리를 비우기 힘들었다.

    그때 마침 하북 지방의 절도사*들이 스스로를 연왕, 조왕, 위왕
이라 칭하면서 반란을 일으켰다. 황제는 조정 대신을 불러 이 일을
의논했다. 양소유가 앞에 나아가 아뢰었다.

    "먼저 글을 내리셔서 황제의 뜻을 알리시고, 그래도 항복하지
않으면 정벌하는 게 좋겠습니다."

    "현명하도다. 그러면 그대가 직접 글을 써 보시오."

---

* **절도사** 옛날 변방(나라의 경계가 되는 변두리 땅)에서 군대를 거느리고 그 지방을 다스리던 벼슬.

양소유는 붓을 들어 휘갈겨 내려갔다. 그의 문장에는 막힘이 없었다. 꾸짖는 듯, 타이르는 듯 황제를 따르라는 내용의 글이었다. 이 글을 본 조왕과 위왕은 곧바로 항복하고 무명 1천 필을 조공*으로 바쳤다. 그러나 유독 연왕만은 지역이 멀고 군사력이 강하다는 사실을 믿고서 항복하지 않았다.

황제가 양소유에게 일렀다.

"하북 지방은 예로부터 반란이 많았다. 옛 황제들께서도 10만 명의 군사를 일으켜 정벌하려 했지만 매번 실패하였는데, 그대는 짧은 글로써 두 나라를 항복시켰다. 정말 대단하다."

이렇게 칭찬하며 양소유에게 상으로 비단 2천 필과 말 50필을 내렸다. 그러나 양소유는 받지 않았다.

"이 모든 게 현명하신 황제의 덕이니, 제게 무슨 공이 있겠습니까? 또한 연왕은 아직 항복하지 않았습니다. 군대로 정벌하기 전에, 제가 먼저 가서 그를 굴복시키고 오겠습니다."

황제는 흡족해하며 허락하였다.

양소유는 정 사도에게 인사를 드렸다.

"사위가 험한 곳에 간다니 무척 걱정되는구나."

* **조공** 중국 주변에 있는 나라들이 정기적으로 중국에 사신을 보내 예물을 바치던 일.

"장인어른, 염려 마십시오. 무사히 돌아오겠습니다."

양소유가 짐을 꾸리는데, 가춘운이 소매를 잡고 눈물을 흘리며 말했다.

"낭군께서 멀리 떠나시니 너무나 슬픕니다."

양소유가 웃으며 대답했다.

"대장부가 나랏일을 하는데 어찌 사사로운 감정을 생각하겠느냐? 부질없이 슬퍼하지 말거라. 그저 내가 공을 세우고 돌아오길 기다려라."

이렇게 말하고 먼 길을 떠났다.

양소유가 낙양을 지날 때였다.

문득 계섬월과의 추억이 떠올랐다. 양소유는 사람을 시켜 계섬월을 찾았지만, 그녀는 산속으로 들어가 속세와 연락을 끊은 지 오래였다. 양소유는 안타까운 마음을 뒤로하고 객사에 들어갔다.

날이 새자 양소유는 아래와 같은 시를 남기고 떠났다.

비 내린 천진 땅 버들꽃이 새롭구나.

따스한 바람은 지난날의 봄과 비슷하도다.

관직에 올라 이곳에 돌아왔지만

큰 상 놓고 술 권하는 이를 보지 못하니 슬프구나.

양소유는 곧 연나라 국경에 도착했다.

연나라 사람들은 당당하고 늠름한 양소유를 보려고 모여들었다. 양소유는 연왕을 만나 황제의 위엄과 신하의 도리에 대해 이야기했다. 그의 말은 때로는 천둥처럼, 때로는 이슬비처럼 무섭고도 부드러웠다.

연왕은 양소유의 기세에 완전히 눌려 버렸다. 연왕은 땅에 엎드려 항복하며, 앞으로 황제에게 충성을 다하기로 맹세했다. 또한 잔치를 열고 황금 1만 냥과 명마 100필을 선물로 주었지만, 양소유는 모두 물리치고 길을 떠났다.

장안으로 돌아오는 도중 한단 땅을 지날 때였다. 저 멀리 어린 소년이 길가에 서 있었다. 소년의 용모는 봄날의 꽃처럼 곱고도 단정했다. 양소유가 가까이 다가가 물었다.

"내 천하를 두루 다녔지만 너와 같은 사람을 보지 못했다. 이름이 무엇이냐?"

소년이 대답했다.

"하북 사람 적백란이라 합니다."

양소유는 소년을 찬찬히 바라보며 말했다.

"네 모습을 보니 뛰어난 자질을 지닌 듯하구나. 세상일을 함께 의논할 인재가 곁에 없던 참이었다. 나를 돕겠느냐?"

"저는 시골에 묻혀 살았기에 재주가 부족합니다. 그러나 그리 말씀해 주시니 최선을 다해 돕겠습니다."

양소유는 기쁜 마음으로 적백란을 데리고 낙양에 도착했다.

그때 한 여인이 나타나 양소유 앞에 섰다. 계섬월이었다. 계섬월은 기쁨의 눈물을 흘렸다.

"지난번 이별한 뒤로 깊은 산속에 들어가 있었습니다. 낭군께서 장원 급제했다는 소식을 들었지만, 이곳으로 오실 줄은 몰랐습니다. 이번에 연나라의 항복을 받아 꽃 장식한 가마를 타고 오시는데 제가 어찌 모르겠습니까? 혹시나 부인은 정하셨습니까?"

양소유가 말했다.

"정 사도댁 낭자와 혼인하기로 했지만 아직 식은 치르지 못했다오."

그날부터 양소유는 며칠 동안 낙양에 더 머물면서 계섬월과 옛정을 나누었다.

그러던 어느 날, 한 심부름꾼이 다가와 양소유에게 귀띔했다.

"전에 한림께서 적백란이 뛰어난 인재라고 하셨는데, 그렇지 않은 듯합니다. 그가 계 낭자와 몰래 손을 맞잡고 있는 모습을 보았습니다."

"그럴 리가 있느냐. 적백란은 어진 사람이다. 게다가 섬월이 내게 얼마나 지극정성인지 모르느냐? 네가 잘못 본 모양이로구나."

심부름꾼은 물러서지 않았다.

"제 말을 믿지 않으시는군요. 그렇다면 직접 가서 보십시오."

양소유가 심부름꾼을 따라 담장 너머를 몰래 엿보았다. 그런데 정말 두 사람이 서로 손잡고 웃으며 이야기하는 게 아닌가. 양소유가 가까이 다가가자 적백란은 놀라 달아나 버렸고, 계섬월은 부끄러워 아무 말도 하지 못했다.

"섬월아, 이전부터 적백란과 친한 사이였느냐?"

계섬월이 대답했다.

"그렇습니다. 오랜만에 만나 서로의 안부를 물었는데, 낭군께 의심거리를 드렸으니 저는 백 번 죽어 마땅합니다."

"내 어찌 그대를 의심하겠는가? 다만 어진 사람이 깜짝 놀라 달아났으니 그것이 안타까울 뿐이구나."

그날 밤 양소유는 술을 마시고 계섬월과 함께 밤을 보냈다.

다음 날, 날이 밝아 눈을 떠 보니 계섬월이 먼저 일어나 거울을 보며 화장을 하고 있었다.

그런데 뭔가 이상했다. 자세히 보니 그 여인은 계섬월이 아니었다. 양소유는 자리에서 벌떡 일어나 물었다.

"그대는 누구인가?"

여인이 공손히 대답했다.

"제 이름은 적경홍입니다. 섬월과는 자매처럼 친한 사이인데, 어젯밤 섬월이 몸이 좋지 않다 하여 저에게 부탁하였기에 부득이 제가 모셨습니다."

그때 계섬월이 문을 열고 들어오며 말했다.

"새 여인을 얻으신 것을 축하드립니다. 예전에 제가 하북의 적경홍을 추천하였는데, 어떠하십니까?"

양소유가 대답했다.

"그래. 전에 이야기한 적이 있었지. 과연 소문대로 미녀로구나. 그런데 참 이상한 일이다. 어제 달아난 적백란에게 여동생이 있다고 했던가? 둘이 아주 비슷하구나."

적경홍이 웃으며 말했다.

"제겐 동생이 없습니다. 제가 바로 적백란입니다."

양소유는 다시금 깜짝 놀랐다.

"아니, 어찌 남자 복장을 하고 나를 속였느냐?"

"사실대로 말씀드리겠습니다. 저는 원래 연왕의 궁궐 사람입니다. 덕이 높은 군자를 섬기는 게 평생의 소원이었지요. 그런데 저번에 연왕이 낭군을 위해 잔치를 열었을 때, 벽 틈으로 낭군의 모습을 엿보았습니다. 그 뒤로는 평생토록 낭군을 모시기로 마음먹었습니다. 그리하여 목숨을 걸고 연왕의 천리마를 훔쳐 궁을 탈출

한 다음, 남자로 꾸며 낭군을 따라온 것입니다. 낭군을 속인 일은 깊이 사죄드립니다."

"그렇구나. 그대의 뜻이 참으로 가상하구나."

그날 밤 양소유는 두 미녀와 함께 밤을 보냈다.

다음 날 장안으로 떠나려 할 때, 계섬월과 적경홍이 말했다.

"낭군께서 부인을 얻으신 뒤에 저희가 모실 날이 있을 겁니다. 그때까지 부디 건강을 지키십시오."

양소유는 길을 재촉해 장안으로 돌아왔다. 연왕의 항복 문서와 함께 조공으로 받은 금은보화를 바치자 황제는 크게 기뻐했다.

"그대의 공이 무척이나 크도다."

그러고는 예부 상서의 벼슬을 주고 많은 금은보화를 상으로 내렸다.

곧이어 양소유는 정 사도댁에 인사를 드렸다. 정 사도는 기쁨을 감추지 못했다.

"멀고 먼 나라에 가서 성공하고 돌아와 벼슬까지 드높였구나! 과연 우리 집안의 복이로다."

진채봉은 즉시 〈양류사〉를 써서 올렸다.

황제가 시를 읽어 보더니 말했다.

"비록 네 죄가 크지만 재주가 아깝고 기특하니 용서하겠다.

앞으로는 더욱 정성을 다해 난양 공주를 섬기도록 해라."

난양 공주와
혼인할 수 없습니다

　나라를 위해 할 일이 산더미처럼 쌓여 있었다. 양소유는 궁에서 하루하루 바쁘게 지냈다.

　그러던 어느 날 밤의 일이다. 일을 마치고 궁궐에서 달을 구경하는데 바람결에 퉁소 소리가 실려 왔다. 무척이나 맑고도 기이한 음색이었다.

　양소유는 하인들에게 이것이 어디서 나는 소리인지 물었지만, 아는 사람이 아무도 없었다. 양소유는 한참을 고민하다가 퉁소 소리에 화답하는 의미로 자신의 옥퉁소를 꺼내어 불었다. 맑은 소리가 하늘로 울려 퍼지자 구름이 피어나더니 푸른 학이 공중에서 내려와 춤을 추었다. 지켜보는 사람들이 모두 신기하게 여겼다.

원래 황태후*에게 아들 둘과 딸 하나가 있었으니, 황제와 월왕, 그리고 난양 공주였다. 난양 공주를 가졌을 때 태후는 선녀가 신선의 꽃과 붉은 진주를 가져다주는 태몽을 꾸었다. 그래서인지 난양 공주의 얼굴은 선녀처럼 아름다웠고, 지혜와 재주 역시 남달랐다.

난양 공주는 퉁소도 잘 불었다. 예전에 서역*에서 백옥으로 만든 퉁소를 바쳤는데, 아무도 소리를 내지 못했다. 그러나 난양 공주는 꿈속에서 선녀로부터 곡조를 배워 퉁소를 불 수 있었다. 난양 공주가 퉁소를 불 때마다 하늘에서 학이 내려와 춤을 추고는 했다.

태후는 늘 황제에게 말했다.

"공주의 재주가 참으로 뛰어납니다. 장차 신선 같은 사람을 배필로 삼을 것입니다."

양소유가 그날 밤 들었던 퉁소 소리는 바로 공주의 퉁소 소리였다. 여느 날처럼 난양 공주의 퉁소 소리에 학들이 내려와 춤을 추었는데, 연주가 끝나고 학이 양소유가 있던 한림원으로 날아갔던 것이었다. 대궐 안의 사람이 이 사실을 전하자, 황제는 곰곰이 생각하다가 태후에게 아뢰었다.

"양 상서의 용모와 재주가 뛰어나 공주와 잘 어울립니다. 천하

---

* **황태후** 황제의 살아 있는 어머니.
* **서역** 중국의 서쪽에 있던 여러 나라를 통틀어 이르는 말. 넓게는 중앙아시아·서부 아시아·인도를 포함한다.

에 이보다 나은 배필감은 없을 듯합니다."

태후가 밝게 웃으며 기뻐했다.

"그게 정말입니까? 공주의 혼사를 정하지 못해 밤낮으로 걱정했는데, 양 상서는 정말 하늘이 정해 준 배필인 듯합니다. 내가 직접 보고 결정하지요."

황제가 말했다.

"며칠 뒤 양 상서를 불러 이야기를 나누려고 합니다. 그때 어마마마께서 뒤에서 지켜보시면 아시겠지요."

며칠 뒤 황제가 신하를 보내 양소유를 불렀다. 그러나 양소유는 한림원에 없었다. 신하는 정 사도의 집을 찾았으나 그곳에도 없다는 말을 들었다.

그때 양소유는 장안 술집에서 술을 마시며 놀고 있었다. 신하가 찾아와 급히 부르자 양소유는 깜짝 놀랐다. 술에 취해 멍한 상태로 있다가 겨우 관복을 차려입고 궁으로 들어갔다.

황제는 양소유에게 앉으라 하고는 역대 제왕의 흥망성쇠*에 대해 물어보았다. 양소유가 옛 역사를 자세히 아뢰니, 황제가 크게 기뻐했다.

* **흥망성쇠** 흥하고 망함과 성하고 쇠함.

"내 지금까지 그토록 위대한 시인이라 불리는 이태백을 보지 못한 게 한이었는데, 오늘 그대를 보았으니 어찌 이태백을 부러워하겠는가? 마침 이곳에 글을 잘 아는 궁녀 몇 명을 데려왔도다. 경이 이들에게 각각 글을 지어 주거라. 짐이 경의 재주를 직접 보고 싶도다."

황제는 궁녀들을 시켜 백옥으로 된 책상과 유리 벼루, 금으로 만든 두꺼비 모양의 연적을 가져오게 했다. 양소유는 잠시 고민하다가 이윽고 붓을 휘둘렀다. 그러자 구름과 바람이 일어나며 금세 문장이 쓰였다. 궁녀들이 그 글을 차례로 황제에게 전하자, 황제가 하나하나 보고는 감탄하였다.

"한 구절 한 구절이 천금을 주고도 살 수 없는 보배와 같구나. 너희는 무엇으로 그 값을 치르겠느냐?"

궁녀들은 자신들이 지니고 있던 금비녀, 옥가락지, 노리개 등을 빼어 바쳤다. 황제는 크게 웃으며 방금 양소유가 쓴 벼루와 연적을 상으로 내렸다. 양소유는 머리를 조아려 은혜에 깊이 감사하고는 집으로 돌아왔다.

가춘운이 양소유에게 물었다.

"어디서 이리 취하셨는지요?"

양소유는 종이, 벼루, 연적, 봉황을 새긴 비녀, 가락지, 금노리개 등을 보여 주었다.

"모두 황제께서 그대에게 주신 것이오."

그러고는 깊이 잠들어 버렸다.

다음 날 양소유가 일어나 세수하는데, 심부름하는 아이가 급히 달려왔다.

"월왕께서 오셨습니다."

월왕은 황제의 동생이었다.

'월왕께서 무슨 일로 여기 오셨는가?'

양소유는 깜짝 놀라 신을 벗고 내달려서 인사를 드렸다.

"전하께서 무슨 일로 이 누추한 곳에 오셨습니까?"

"과인은 황제의 명을 받아 왔소. 폐하의 누이동생인 난양 공주가 벌써 시집갈 나이가 되었지만, 아직 배필을 정하지 못했소이다. 마침 황제께서 그대의 재주와 덕을 높이 사셔서 공주의 혼인 상대로 정하고자 하십니다."

양소유는 크게 놀랐다.

"저에게 무슨 재주와 덕이 있습니까? 게다가 저는 이미 정 사도댁 아가씨와 혼인을 하기로 한 상태입니다. 부디 이 뜻을 황제께 아뢰어 주십시오."

"그렇구려. 내 돌아가 아뢰겠지만 참으로 아쉽소이다. 폐하의 뜻을 저버리시는구려."

"폐하의 뜻을 저버리는 것이 아닙니다. 그저 사람의 도리를 저버릴 수 없어서 그러는 것입니다. 저도 대궐로 따라 들어가 폐하를 뵙고 내리시는 벌을 달게 받겠습니다.”

월왕은 하는 수 없이 궁궐로 돌아갔다.

양소유는 이 사실을 정 사도에게 전했다. 소식을 들은 집안사람들은 모두 허둥지둥하며 어찌할 줄을 몰랐다.

한편 황태후는 지난번 양소유를 본 뒤로 마음에 든 눈치였다.

“양 상서야말로 하늘이 정해 준 난양 공주의 배필이 분명하다. 어찌 다른 이를 찾겠는가?”

그리하여 먼저 월왕을 보내서 양소유에게 뜻을 전한 것이었다. 그런가 하면 문득 황제는 전에 양소유가 쓴 글이 다시 보고 싶어졌다. 그래서 태감*을 시켜 양소유가 궁녀들에게 써 준 글을 가져오라고 하였다. 궁녀들은 그 글을 상자에 잘 간직하고 있었는데, 오직 한 궁녀만이 가슴에 글을 품고 슬프게 울었다.

그녀는 다름 아닌 진채봉이었다. 양소유가 처음 인연을 맺었던 여인, 진채봉 말이다. 진채봉은 진 어사가 역적으로 몰려 죽은 뒤, 궁의 노비가 되었다. 그때 황제는 진채봉의 고운 얼굴을 보고 후궁으로 삼으려 했지만, 황후가 반대했다.

“진 낭자의 재주와 행실이 뛰어나니 마땅히 폐하를 모실 만합니

---

* **태감** 옛날 중국에서 내시의 우두머리.

다. 그러나 역적의 딸을 가까이하는 것은 옳지 않습니다.”

황제는 그 뜻을 존중하여 진채봉을 불러 말했다.

“너를 황태후 궁중으로 보내겠노라. 그곳에서 난양 공주를 정성
껏 모시는 데 힘쓰거라.”

난양 공주는 진채봉의 재주와 용모가 마음에 들었다. 그때부터
난양 공주는 진채봉을 아껴 주며 자매처럼 친하게 지내 왔다. 이런
와중에 황제가 양소유를 찾던 그날, 진채봉이 황태후를 모시고 있
다가 양소유와 마주친 것이다. 그날 양소유는 크게 취해 진채봉을
알아보지 못했다. 그러나 진채봉이 어찌 양소유를 잊을 수 있겠는
가?

그날 이후로 양소유에 대한 그리움은 커져만 갔다. 진채봉은 양
소유가 쓴 글을 보며 눈물을 흘리다가, 문득 양소유와 편지를 주고
받던 옛일을 떠올렸다. 그리하여 자기도 모르게 양소유의 글 아래
에 답시를 썼다.

그런데 태감이 그 글을 가지러 오니, 진채봉은 깜짝 놀랐다.

“제가 그만 양 상서가 쓴 글 아래에 제 시를 덧붙여 쓰고 말았
습니다. 폐하께서 보시면 저는 죽음을 면치 못할 것입니다. 차라리
스스로 목숨을 끊겠습니다.”

태감이 말했다.

“어찌 그런 말을 하느냐? 인자하신 폐하께서는 죄를 묻지 않을

것이다. 내가 도와줄 테니 염려 말고 따라오거라."

진채봉은 마지못해 태감을 따라갔다. 진채봉은 바깥에서 기다렸고, 황제는 태감이 가져온 글을 하나하나 자세히 읽었다. 그러다가 진채봉이 쓴 글에 시선이 머물렀다.

"이상하구나. 양 상서의 글 밑에 누가 글을 썼느냐?"

태감이 아뢰었다.

"진씨가 제게 말하기를, 폐하께서 다시 찾으실 줄 모르고 외람되게 거기에 화답하는 시를 썼다고 하였습니다. 그러고는 죽을죄를 지었다며 죽으려고 했습니다. 제가 잘 타일러서 이곳에 데리고 왔나이다."

황제는 화답시를 다시 한번 천천히 읽어 보았다.

비단부채 둥글어 가을 달 같으니,

누각에서 부끄러워하던 만남이 생각나는구나.

처음에 서로 알아보지 못할 줄 알았던들

그대가 나를 자세히 보지 못한 게 후회되는구나.

황제가 말했다.

"음, 글을 보니 무슨 사정이 있는 것 같구나."

황제는 태감을 시켜 진채봉을 들라 하였다. 진채봉은 문 앞에 엎드려 황제에게 아뢰었다.

"죽을죄를 지었습니다. 어서 죽여 주십시오."

"속이지 말고 바로 말하라. 누군가와 사사로운 정이 있느냐?"

"감히 폐하를 속이겠습니까? 저희 집안이 망하기 전, 우연히 양 상서를 만난 적이 있습니다. 양 상서는 〈양류사〉를 쓰고, 저는 거기에 화답하는 시를 지었지요. 그때 둘은 서로 혼인하기로 약속했습니다. 얼마 전 양 상서가 대궐에서 글을 지을 때 저는 상서를 알아보았지만, 상서는 절 알아보지 못했습니다. 그리하여 슬픈 마음을 이기지 못하고 거기에 글을 쓴 것입니다. 저의 죄는 백 번 죽어마땅합니다."

황제가 다시 물었다.

"〈양류사〉를 기억하느냐?"

진채봉은 즉시 〈양류사〉를 써서 올렸다. 황제가 시를 읽어 보더니 말했다.

"비록 네 죄가 크지만 재주가 아깝고 기특하니 용서하겠다. 앞으로는 더욱 정성을 다해 난양 공주를 섬기도록 해라."

그리고 양소유가 쓴 글을 돌려주었다.

한편 월왕은 태후에게 양소유가 이미 정혼했다는 사실을 전했다. 태후는 크게 화를 냈다.

"상서 벼슬에까지 오른 자가 어찌 나라의 명을 거역하는가?"

황제는 다음 날 양소유를 불렀다.

"짐에게 누이동생이 하나 있는데, 그대가 아니면 가히 배필 될 사람이 없느니라. 이러한 뜻을 전하려고 월왕을 그대의 집에 보냈는데, 이미 정혼했다는 명분으로 거역하였더구나. 하지만 아직 혼례를 올린 것도 아니지 않은가? 그대가 정경패와의 혼인을 취소하더라도 정씨는 갈 곳이 있을 것이다. 그런데 공주와 혼인하는 것이 어찌 도리에 어긋난단 말이냐?"

양소유는 머리를 조아리며 아뢰었다.

"저는 먼 지방 사람으로, 이곳 장안에 처음 왔을 때 몸을 맡길 곳이 없었습니다. 마침 정 사도의 관대한 은혜를 입어 정경패와 정혼을 하게 되었고, 정 사도와는 장인과 사위의 정을 나누었습니다. 지금까지 혼인을 치르지 못한 것은 맡은 나랏일이 많아 어머니를 모셔 오지 못했기 때문입니다. 제가 공주와 혼인하면, 정경패는 죽을 때까지 다른 곳으로 시집가지 않을 것입니다. 이것이 어찌 폐하의 덕에 허물이 되지 않겠습니까?"

"그대의 딱한 사정은 이해한다. 그러나 아직 혼례를 올리지 않았는데 왜 정절을 지키겠느냐. 태후께서 그대의 재능을 높이 사서 부마*로 삼고자 하신 것이니 사양하지 말라. 혼인은 일생에서 가장

---

* **부마** 임금의 사위.

중요한 일이거늘, 어찌 소소한 일에 얽매이느냐. 무거운 생각은 잠시 접어 두고 짐과 바둑이나 두도록 하자."

황제는 이렇게 말하고는 내관에게 바둑판을 들이게 하여 하루 종일 바둑을 두었다.

날이 어두워져서 양소유가 집으로 돌아오니, 정 사도가 눈물을 흘리며 말했다.

"오늘 태후께서 조서*를 내리셨네. 양 상서와 경패의 정혼을 물리라고 말이야. 모든 집안사람이 이 일을 알고 있다네. 아, 내 딸의 가없은 신세를 생각하면 우리 부부의 마음은 찢어질 따름이야. 아내는 충격을 받고 쓰러져 아직도 정신을 차리지 못하고 있다네. 참으로 답답한 일일세."

양소유는 아무 말도 못 하고 고개를 푹 숙였다. 그러다 한참 뒤에 입을 열었다.

"염려치 마십시오. 제가 상소를 올리겠습니다. 그러면 조정에서 논의를 하겠지요."

정 사도가 깜짝 놀라서 손사래를 쳤다.

"이 문제로 상소를 올리면 폐하께서 큰 죄를 물으실 것이네. 이

* **조서** 임금의 명령을 일반에게 알릴 목적으로 적은 문서.

제 자네는 이곳에 있어서는 안 될 듯하네. 부디 다른 곳으로 거처를 옮기게나."

양소유는 아무 말 없이 방으로 들어갔다. 방에서 가춘운이 흐느껴 울고 있었다.

가춘운이 말했다.

"저는 아가씨의 명령으로 지금까지 낭군을 모셨습니다. 그동안 분에 넘치는 사랑을 받아 늘 감사한 마음뿐이었지요. 하지만 불행한 운명 탓에 모든 것을 그르치게 되었습니다. 이제 저도 돌아가서 아가씨를 모시겠습니다."

양소유가 가춘운을 달랬다.

"곧 상소를 올려 일을 바로잡을 것이다. 설사 황제께서 허락하지 않더라도 그대는 이미 내게 몸을 맡겼는데 어찌 나를 버리려는가?"

가춘운은 끊임없이 눈물을 흘렸다.

"제가 어찌 여필종부*를 모르겠습니까. 하지만 저는 이미 아가씨와 평생을 함께하자고 맹세했답니다. 지금까지 낭군을 모신 것도 아가씨의 명령이 있었기 때문입니다. 아가씨가 평생토록 수절하면 제가 어디를 가겠습니까?"

* **여필종부** 아내는 반드시 남편을 따라야 한다는 말.

"주인을 모시는 정성은 알겠으나, 그대는 자기 뜻대로 어디든 갈 수 있소."

"낭군은 아가씨의 마음을 알지 못합니다. 아가씨께서는 미리 마음을 정하셨습니다. 이대로 부모님을 모시다가, 두 분이 세상을 뜨시면 머리를 깎고 절에 들어가 중이 되기로 결심하셨지요. 저 또한 아가씨와 뜻을 함께할 것입니다.

낭군께서 제가 보고 싶으시다면, 먼저 아가씨와 혼인을 하셔야 합니다. 그렇지 않다면 오늘이 영원히 저와 이별하는 날이 될 것입니다. 부디 건강하십시오."

가춘운은 눈을 뜨지 못할 정도로 눈물을 흘리더니, 양소유에게 절을 하고는 방을 나갔다. 그 모습을 본 양소유는 마음이 먹먹해져서 긴 탄식을 내뱉을 뿐이었다. 그러고는 혼잣말로 중얼거렸다.

"기어이 상소를 올려야겠구나."

양소유는 붓을 들고 상소문을 써 내려갔다.

폐하, 한림학사 겸 예부 상서 양소유는 머리를 조아려 폐하께 아룁니다.

예로부터 인륜은 나라의 근본이고, 혼사는 인륜의 시작입니다. 그 근본을 어기면 나라의 기틀이 흔들리고 결국은 무너지게 될 것입니다. 그러니 어찌 신중하지 않을 수 있겠습니까?

소신을 부마로 간택하시니 그 넓으신 은혜에 몸 둘 바를 모르겠습니다. 하오나 소신은 이미 정경패와 혼인하기로 상태입니다. 이전의 혼약을 없던 것으로 하는 것이 과연 예의에 맞는 일인지는 알지 못하겠습니다. 폐하께선 인륜을 살피시어 정경패와의 혼인을 허락해 주십시오.

황제는 상소문을 읽고 태후께 아뢰었다. 태후는 크게 화를 내며 양소유를 옥에 가두라고 명령했다. 조정 신하들 모두가 말렸지만 태후의 분노는 식을 줄 몰랐다.

결국 양소유는 옥에 갇히게 되었다.

●

"어찌 상서를 해치겠습니까?"

양소유는 기쁨을 감추지 못했다.

"그대가 위태로운 내 목숨을 구했구나!

이 은혜를 어찌 갚겠는가. 낭자와 함께 백년해로하겠다."

●

심요연과 백능파가
내 목숨을 구했구나!

　이때 토번*이 3만 명이나 되는 군사를 이끌고 국경을 침략했다. 황제는 서둘러 조정 대신들을 불러 대책을 의논했다. 신하들이 앞다퉈 아뢰었다.

　"양 상서는 예전에도 세 나라의 항복을 받아 낸 적이 있지요. 양 상서가 아니면 토번을 당해 낼 사람이 없을 듯합니다."

　황제가 즉시 태후에게 말씀을 올렸다.

　"모두 양소유가 아니면 도적을 상대할 사람이 없다고 합니다. 양소유의 죄가 무겁지만 나라를 위해 임무를 맡김이 어떨는지요?"

* **토번** 중국 당나라·송나라 때에, '티베트족'을 이르던 말.

태후도 허락할 수밖에 없었다. 황제는 즉시 양 상서를 불렀다.

"토번의 군사가 이곳으로 오고 있다. 어떻게 하면 좋겠느냐?"

양소유는 머리를 조아리고 대답했다.

"신이 비록 재주는 없지만, 군사를 내어 주시면 도적을 토벌하여 폐하의 은혜에 보답하겠습니다."

황제는 양소유를 대장군으로 임명하고 군사 3만 명을 내주었다.

양소유는 군사를 지휘해 곧바로 전쟁터로 향했다. 그곳에서 단번에 토번의 좌현왕*을 사로잡으니, 적은 기세가 푹 꺾여서 도망가기 바빴다.

양소유는 조정에 적군을 항복시켰음을 알리고, 이 기회에 지역의 남은 도적들을 완전히 소탕하여 화근을 없애겠다고 보고했다.

황제는 양소유를 병부 상서 겸 대원수로 임명했다. 또한 황제의 칼과 도끼를 내려 위엄을 더하는 한편, 양소유에게 모든 군대를 다스리는 병권을 주었다.

양소유가 군사를 지휘해 적진을 지날 때였다. 갑자기 찬 바람이 불더니 까치가 막사 안에 들어와 울기 시작했다. 불길한 마음에 양

---

* **좌현왕** 흉노족의 귀족 작위 중 하나.

소유는 말 위에서 점을 쳤다.

'흉한 일 뒤에 좋은 일이 발생할 징조로다.'

그날 밤 양소유가 촛불을 밝히고 군사를 지휘하는 법을 다룬 책을 읽는데, 갑자기 음산한 바람이 불면서 촛불이 꺼졌다. 양소유가 고개를 들자 문득 한 여인이 공중에서 내려왔다. 여인의 손에는 날카로운 칼이 들려 있었다. 여인이 자객인 줄 알면서도 양소유는 얼굴빛 하나 변하지 않았다.

"그대는 왜 이토록 깊은 밤에 여기 들어왔는가?"

여인이 대답했다.

"저는 토번국 군주 찬보의 명을 받아 상서의 머리를 베러 왔습니다."

"하하, 대장부가 어찌 죽기를 두려워하겠는가. 어서 내 머리를 베어 가라."

그러자 여인은 칼을 땅에 내던지더니 머리를 조아리며 말했다.

"상서께선 염려치 마십시오."

양소유가 여인을 붙들어 일으켜 주었다.

"그대가 나를 해치지 않은 이유는 무엇인가?"

"저는 원래 양주 사람으로, 이름은 심요연이라 하옵니다. 어려서 부모를 일찍 여의고 한 도사를 따라 검술을 배웠지요. 그리하여 3년 만에 바람을 타고 번개를 좇아 천 리를 갈 수 있게 되었습니다.

그런데 스승님께선 원수를 갚거나 사람을 죽여야 하는 일이 있으면, 항상 제가 아닌 다른 제자를 보내셨습니다. 이상하게 여겨 여쭤보니 이렇게 말씀하셨습니다. '네 제주가 모자라서가 아니다. 너는 귀한 사람이다. 먼 훗날 양 상서의 배필이 될 여인의 손에 어찌 피를 묻히게 하겠느냐?'라고 말입니다. 그러면 대체 왜 검술을 배워야 하냐고 묻자, 스승님께선 '장차 양 상서가 토번으로 군대를 이끌고 올 것이다. 그때 토번이 천하 자객을 동원해 양 상서를 죽이려 할 테니, 네가 자객을 물리치고 양 상서를 돕거라.'라고 말씀하셨습니다. 저는 스승님의 명을 따라서 토번국의 모든 자객을 물리쳤습니다. 그런데 어찌 상서를 해치겠습니까?"

양소유는 기쁨을 감추지 못했다.

"그대가 위태로운 내 목숨을 구했구나! 이 은혜를 어찌 갚겠는가. 낭자와 함께 백년해로하겠다."

이날 양소유는 심요연과 잠자리를 함께했다. 은빛 보름달이 물결처럼 떠가는 구름을 가르고 있었다. 알 수 없는 향기가 먼 바람을 타고 흘러들어 왔다.

양소유는 여인과의 깊은 정에 빠져 사흘 동안이나 막사 밖으로 나가지 않았다.

며칠이 지나고 심요연이 작별 인사를 했다.

"이제 저는 돌아가겠습니다. 병사들이 머무는 곳에 오래 있을

수는 없습니다.”

양소유가 말했다.

“낭자는 세상 사람이 아니다. 도적을 토벌할 방법이 있으면 나에게 알려 다오.”

“상서께선 재능이 출중하시니, 도적을 토벌하는 건 식은 죽 먹기와도 같습니다. 무슨 걱정이 있겠습니까? 저는 스승님을 모시고 있다가 상서께서 돌아가실 때 쫓아가겠습니다.”

“그렇다면 헤어지기 전에 마지막으로 해 줄 말은 없는가?”

“장차 반사곡이란 곳을 지나실 것입니다. 그곳은 길이 좁은 데다 마실 만한 물이 없습니다. 상서께서는 반드시 우물을 파서 군사들에게 물을 먹이십시오.”

이렇게 말하고 심요연은 하늘 위로 솟아올랐다. 곧 사방에 흔적조차 없었다.

양소유는 장수들을 불러 심요연의 말을 전했다.

“대장군의 신통함을 알아보고 하늘이 도우신 것입니다!”

장수들이 모두 감탄하였다.

양소유가 군사를 거느리고 계곡을 지날 때였다. 그곳은 길이 너무 좁아 군대가 지나가기 어려웠다. 겨우 수백 리를 기어 나와 들판에 다다랐지만, 이번에는 마땅히 마실 물이 없었다. 병사들은 목이 탄다고 아우성이었다. 마침 가까운 곳에 연못이 있었는데, 그

물을 마시자 갑자기 병사들의 몸이 푸르게 변하면서 꼼짝없이 병들었다.

양소유의 머릿속에 문득 심요연이 일러 주었던 말이 떠올랐다. 그리하여 병사들을 시켜서 샘을 파도록 했다. 그러나 땅을 파도 물이 나오지 않았다. 양소유가 민망해하며 어쩔 줄 몰라 하는데, 갑자기 주위에서 북소리가 진동했다. 토번의 군대가 길을 막아 퇴로를 끊은 것이다.

양소유는 진퇴양난*의 상황에 처하게 되었다. 병사들은 배고픔과 목마름에 싸울 의욕을 잃었다. 양소유는 천막에 앉아 해결할 방법을 곰곰이 생각해 보았다. 그러다 문득 잠들었는데, 눈앞에 푸른 옷을 입은 여자아이가 나타나 말했다.

"저희 낭자께서 양 상서께 드리고 싶은 말씀이 있다 하십니다."

양소유가 물었다.

"너희 낭자는 어떤 분이시냐?"

"용왕의 따님이십니다. 지금은 용궁을 떠나 이곳에 와 계시지요."

"용왕이 사는 곳은 깊은 물속일 텐데, 인간 세상에 사는 내가 어찌 가겠느냐?"

＊ **진퇴양난** 이러지도 저러지도 못하는 어려운 처지.

"저희가 준비한 말을 타시면 어렵지 않게 가실 수 있습니다."

양소유는 여자아이를 따라 밖으로 나갔다.

말 위에 올라타니 순식간에 연못 안의 커다란 문 앞에 도착하게 되었다.

잠시 후 시녀 몇 명이 나와서 양소유에게 백옥으로 된 의자를 내어 주었다. 한 시녀가 나와 아뢰었다.

"동정호의 용녀가 양 상서 뵙기를 청합니다."

저쪽에서 한 여인이 다가왔다. 용녀였다. 용녀의 피부는 흰 물결처럼 곱고 맑았다. 용녀가 예를 갖추어 절을 하고 바닥에 꿇어앉자 양소유는 몸 둘 바를 몰라 했다.

"저는 인간 세상의 평범한 사람이고, 낭자는 용왕의 따님입니다. 그런데 어찌 이토록 저를 공손히 대하십니까?"

용녀가 대답했다.

"저는 동정호 용왕의 딸 백능파입니다. 제가 갓 태어났을 때 아버지께서 저를 데리고 하늘 나라에 문안을 드리러 가셨습니다. 그리고 그곳에 계신 한 도사께 놀라운 이야기를 들었지요. 도사님은 제가 원래 하늘 나라의 선녀이고, 죄를 짓는 바람에 용왕의 딸이 된 것이라고 말씀해 주셨습니다. 또 제가 먼 훗날 인간 양 상서의 첩이 되어 백년해로하다가, 다시 불가에 돌아가 극락세계에서 천만년을 지낼 것이라고 하셨지요.

그런데 뜻밖에 남해 용왕의 태자가 저의 미모에 대해 전해 듣고서 청혼을 해 왔습니다. 동정호는 남해 소속이라 그 청을 거역하기 힘듭니다. 아버지께서 직접 남해 용왕을 찾아가 사정을 이야기했지만, 태자는 그 말을 믿지 않고 더욱 강하게 청혼해 왔지요. 저는 가만히 있으면 집에 피해를 끼칠 것 같아, 얼른 떠나기로 했습니다. 그리하여 며칠 전 도망을 나와 이곳 연못에 자리를 잡게 된 것입니다.

이 연못의 이름은 백룡담입니다. 저의 괴로운 마음 때문에 물의 맛이 변하여, 지금은 그 누구도 이곳의 물을 마실 수 없습니다. 하지만 상서께서 이곳에 오셨으니, 제 마음이 다 풀렸습니다. 연못의 물을 다시 예전의 맑은 물로 되돌릴 테니, 병사들에게 먹이십시오. 전에 물을 마시고 병든 군사들도 모두 회복될 것입니다.”

양소유가 백능파의 손을 잡으며 말했다.

“이제 알겠습니다. 우리는 하늘이 정한 연분*입니다. 이 아름다운 인연을 어찌 뒤로 미루겠소?”

“저는 이미 상서와 맺어진 인연입니다. 하지만 아직 부모님께 말씀드리지 못했으니 지금 당장은 어렵습니다. 또한 남해 태자가

* **연분** 서로 관계를 맺게 되는 인연.

수만 군대를 거느리고 저를 아내로 맞으려고 하니, 자칫 불상사가 생길 수도 있습니다. 게다가 몸의 비늘을 미처 벗지 못하고서 낭군의 몸을 더럽힐 수도 없는 노릇입니다."

양소유는 물러서지 않았다.

"낭자께서 저를 기다렸다는 사실을 이미 용왕께서도 알고 계시지 않습니까? 이는 둘의 인연을 허락한 것이나 다름없습니다. 또한 저는 몸의 비늘을 꺼리지 않습니다. 하늘이 정한 연분인데 무엇이 문제겠습니까? 마지막으로, 내 병사들은 강하고 전쟁에 익숙합니다. 그러니 남해 태자를 어찌 두려워하겠습니까?"

이렇게 말하고는 백능파와 잠자리에 들었다. 인간 세상을 떠난 듯 황홀한 마음이었다.

꿈같은 시간이 지나 날이 샐 무렵, 먼 곳에서 북소리가 들려왔다. 둘이 일어나 앉으니 궁녀가 들어와 급히 아뢰었다.

"지금 남해 태자가 수많은 병사를 거느리고 왔습니다. 산 아래에 진을 치고는 양 상서와 승부를 겨루고 싶답니다."

양소유가 크게 웃으며 말했다.

"어리석은 녀석이로고!"

밖으로 나가 보니 남해 병사들이 백룡담을 여러 겹으로 에워싸고 함성을 지르고 있었다. 남해 태자가 앞에 나서서 말했다.

"네가 감히 남의 혼사를 방해하느냐? 너와 승부를 겨루겠다."

양소유가 껄껄 웃었다.

"백능파가 나와 부부의 인연이 있다는 건 하늘이 알고 땅이 안다. 너 같은 애송이가 감히 하늘의 명을 거스르느냐?"

그러고는 군사들에게 적을 제압하도록 명령했다. 용맹한 양소유의 병사들은 용왕군을 무찔렀다. 원참군 별주부와 잉어 제독은 한칼에 목숨을 잃었고, 남해 태자는 포로로 잡혔다. 양소유는 다시는 혼사 얘기를 꺼내지 않겠다는 약속을 받고 남해 태자를 풀어 주었다.

백능파는 승리를 축하하며 잔치를 베풀었다. 양소유가 백능파와 즐거운 시간을 보내는데, 문득 붉은 옷을 입은 사람이 공중에서 내려와 아뢰었다.

"저는 동정호 용왕께서 보낸 신하입니다. 용왕께선 양 상서께서 남해 태자를 무찔렀다는 소식을 듣고 크게 기뻐하시며 용궁으로 초청하셨습니다. 또한 공주께서도 서둘러 궁으로 돌아오라고 하셨습니다. 이 수레에 타면 금세 도착할 것입니다."

양소유와 능파는 수레에 올랐다. 어디선가 바람이 휙 불어오자 수레는 하늘로 솟구쳐 올라갔다.

　　　　　　　　　　　　　　　　●

　"예로부터 제후에게는 세 명의 부인이 있었다고 합니다.
양 상서가 공을 세우고 돌아오면 크게는 왕이 될 것이니,
　두 명의 부인을 거느리는 게 마땅치 않겠습니까?"

　　　　　　　　　　　　　　　　●

공을 세웠으니
두 명의 부인이 문제겠습니까?

수레는 구름 사이를 지나 넓게 펼쳐진 동정호에 도착했다. 이윽고 방향을 틀어 물속으로 들어가니 용궁 세계가 펼쳐졌다.

용궁 앞에는 용왕이 벌써 나와 기다리고 있었다. 용왕은 양소유를 사위의 예로 대했다.

이윽고 큰 잔치가 벌어졌다. 용왕이 양소유에게 술잔을 건네며 말했다.

"과인이 덕이 없어 딸 하나만 두고는 그동안 곤란한 일이 많았소이다. 이제야 위엄 있고 덕망 있는 양 상서를 만나 근심을 덜었으니, 이 어찌 즐겁지 않겠소."

"모두 대왕의 신령하신 능력 덕분입니다. 어찌 제 공만 있겠습

니까?"

술잔이 여러 차례 돌고 난 뒤, 양소유는 용왕과 백능파에게 작별 인사를 했다.

"일이 많아서 오래 머물지는 못하겠습니다. 용왕께서는 만수무강하십시오. 낭자는 훗날의 약속을 잊지 마십시오."

양소유는 용궁 사람들의 배웅을 받으며 호수 밖으로 나왔다. 그 앞에는 높은 산 하나가 우뚝 솟아 있었다. 모두 다섯 개의 봉우리가 펼쳐져 있었는데, 붉은 안개가 주위를 묘하게 감싸고 있었다. 양소유가 물었다.

"저 산은 무슨 산입니까?"

용왕이 대답했다.

"저 산은 형산이라 하오. 경치가 무척이나 아름다운 곳이라오."

"한번 보고 싶습니다. 어찌하면 저 산에 오를 수 있습니까?"

"아직 날이 저물지 않았으니, 올라가 구경해도 늦지 않을 것이오."

수레에 오르자마자 어느새 형산에 도착하였다. 양소유는 대나무 지팡이를 짚고 천천히 산을 올랐다. 바위 모양은 기이했으며, 계곡물은 맑고 투명했다. 양소유는 주위를 둘러보며 탄식했다.

"아…… 슬프도다. 이런 아름다운 경치를 버리고 전쟁에 빠져 있다니. 언제쯤 마음 편히 이런 곳을 찾을까?"

그때 마침 종소리가 들려왔다. 양소유가 그 소리를 따라가 보니 거기에 절이 한 채 있었다. 승려 여럿이 모여 불경을 읽고 있었는데, 한 노승이 맨 윗자리에 앉아 있었다. 하얀 눈썹에 푸른 눈을 지닌 노승은 이 세상 사람이 아닌 듯했다.

노승은 제자들을 거느리고 내려와 반갑게 인사했다.

"깊은 산속에 사는 중이라 상서의 행차를 알지 못했습니다. 멀리까지 마중 나가지 못한 것을 용서해 주십시오. 기왕 오셨으니 법당에 올라 예불을 하고 가시는 건 어떨는지요."

양소유는 부처님 앞에 나아가 향을 피우고 두 번 절했다. 그러고 나서 계단을 내려오는데 갑자기 발을 헛디뎌 넘어지고 말았다. 깜짝 놀라 일어나 보니 군대의 막사 안이었다. 어느새 아침이 밝아 오고 있었다. 양소유가 여러 장수를 불러 물었다.

"그대들도 간밤에 꿈을 꾸지 않았는가?"

장수들이 모두 한결같이 대답했다.

"네, 저희들도 꿈을 꾸었습니다. 장군을 모시고 적군과 싸워 적의 장수를 사로잡는 꿈이었습니다. 분명 오랑캐를 무찌를 좋은 꿈입니다."

양소유는 크게 기뻐하며 부하들을 데리고 연못으로 향했다.

연못 주위를 살피니 고기비늘이 땅에 떨어져 있었다. 양소유는 물을 한 모금 떠서 맛보았다. 물맛이 무척이나 시원하고 달았다.

얼른 병사들과 말에게 그 물을 먹였더니, 병사들의 병이 씻은 듯 나았다. 군사의 사기가 올라 내지르는 함성이 천둥과도 같았다. 적군은 우렁찬 소리를 듣고서 크게 놀라 항복했다.

한편 황제는 멀리서 양소유의 보고를 받고 만족스러워하며 태후에게 아뢰었다.

"양 상서의 공이 매우 큽니다. 그가 돌아오면 마땅히 승상의 벼슬을 내릴까 합니다. 하지만 아직 공주의 혼사를 정하지 못했습니다. 양 상서가 마음을 바꾸어 허락하면 좋겠지만, 계속 고집한다면 문제입니다. 이렇게 공을 세운 자에게 벌을 주기도 어려우니 말입니다. 이를 어쩌면 좋겠습니까?"

태후가 말했다.

"양 상서가 멀리 있는 틈을 타서 정경패에게 다른 혼인을 하라고 권하면 어떤가?"

이때 곁에 있던 난양 공주가 말렸다.

"어마마마, 어찌 그런 말씀을 하십니까? 정경패의 혼사는 그쪽 집안일인 것을 어째서 조정에서 나서려고 하십니까?"

"내 말을 듣거라. 양 상서는 학식이 뛰어나고 글솜씨가 세상에서 으뜸가는 사람이로다. 게다가 퉁소 한 곡조로 이미 네 인연임을 알아차렸노라. 어찌 그를 버리고 다른 이를 찾겠느냐? 그래, 네 마음이 정 그러하다면 양 상서와 네가 혼인하고, 정경패가 첩을 하면 되겠구나. 네 생각은 어떠하냐?"

"어마마마, 저는 일평생 남을 질투해 본 적이 없습니다. 그러니 어찌 정경패를 받아들이지 않겠습니까? 그러나 처음에 아내로 맞으려다가 나중에 첩으로 삼는 것은 예에 어긋납니다. 정 사도의 가문은 여러 대에 걸쳐 재상을 배출한 명문가인데, 딸을 남의 첩으로 들이고 싶어 하지 않을 것입니다."

태후는 공주에게 물었다.

"허어, 그러면 어찌하면 좋겠느냐?"

"예로부터 제후에게는 세 명의 부인이 있었다고 합니다. 양 상서가 공을 세우고 돌아오면 크게는 왕이 될 것이니, 두 명의 부인을 거느리는 게 마땅치 않겠습니까?"

태후는 깜짝 놀라 손사래를 쳤다.

"안 된다. 너는 선황제의 귀한 딸이요, 황제의 사랑하는 누이동생이다. 어찌 여염집* 여인과 비교하느냐?"

"지당하신 말씀입니다. 그러나 옛날 성군들 역시 귀천에 관계없이 어진 사람을 공경하여 벗 삼아 지낸 일이 있습니다. 정경패는 용모가 아름답고 품성이 올바르다고 들었습니다. 그것이 사실이라

---

* **여염집** 일반 백성의 살림집.

면 제게도 다행입니다. 저에게 좋은 생각이 있습니다. 제가 정경패를 직접 만나 보면 어떻겠습니까? 용모와 품성이 소문과 같다면 양 상서를 함께 모셔도 괜찮지만, 그렇지 않다면 어마마마의 뜻대로 하십시오."

태후는 탄식하며 말했다.

"여자들은 남의 재주를 시기하고 질투하는 게 보통인데, 너는 어찌 이토록 마음이 어진지 모르겠구나. 아무튼 알겠다. 내일 정경패를 궁으로 부르겠다."

공주가 말했다.

"아닙니다. 아무리 태후의 명이라도 아프다고 핑계를 대면 도리가 없을 것입니다. 더군다나 명색이 재상집 여인인데 어찌 이곳으로 불러들이겠습니까? 제가 직접 가 보겠습니다."

•

　가춘운은 양소유를 똑바로 바라보며 말했다.

"상서께서 가춘운을 사랑해 주시라고 전하였습니다."

　　양소유는 가춘운을 안으며 말했다.

"그런 이야기를 하지 않았던들 어찌 너를 버리겠느냐."

　　　•

난양 공주,
정경패_를 만나다

　그 무렵 정경패는 정 사도와 최 부인을 모시고, 온화한 안색으로 슬픈 기색 없이 지냈다. 그러나 최 부인은 정경패를 볼 때마다 가슴이 찢어지는 듯했다. 근심 때문에 점점 쇠약해지는 어머니를 보는 정경패의 마음도 아팠다. 정경패는 하인들에게 악기 연주하는 사람을 데려오거나 온갖 놀이가 될 만한 물건을 수소문하라고 일렀다.

　하루는 집에 한 아이가 비단 족자를 팔러 왔다. 꽃밭에 공작이 수놓여 있는 모양이었다. 사람 솜씨가 아닌 듯 무척이나 아름다웠다. 가춘운은 족자를 정경패와 최씨 부인에게 보여 주었다.

　정경패가 물었다.

"누가 이걸 만들었느냐?"

"우리 아가씨의 솜씨입니다. 아가씨께선 이 통판* 어른의 누이 입니다. 이 통판께서 절강 땅으로 가실 때 부인과 아가씨를 모시고 함께 가기로 했는데, 아가씨께서 그만 병이 나서 이곳 연지 파는 사삼랑 댁에 머물러 계십니다. 그런데 무슨 이유인지 급히 돈 쓸 곳이 생겼다며 족자를 팔고자 하십니다."

정경패는 비싼 값을 주고 족자를 사들인 다음에 가춘운에게 일렀다.

"솜씨를 보니 보통 인물이 아닌 듯하구나. 여종을 보내 알아보도록 하자."

가춘운은 즉시 사람을 보냈다. 얼마 뒤 계집종이 돌아와서 감탄하며 말했다.

"지금까지 저희 아가씨처럼 곱고 아름다운 여인은 본 적 없었는데, 그 여인도 아가씨처럼 정말 곱고 아름다웠답니다."

가춘운이 말했다.

"그자가 재주 있는 사람이라는 것은 알겠다. 그러나 어찌 아가씨처럼 아름답겠느냐?"

가춘운은 이렇게 말하고는 계집종을 돌려보냈다.

* **통판** 옛날 중국의 벼슬아치.

그런데 며칠 뒤, 사삼랑이 최씨 부인을 찾아왔다.

"아가씨께서 이곳에서 족자값을 후하게 치러 주셨다는 이야기를 들으시고는, 감사하다면서 한번 뵙고자 청하였습니다."

최씨 부인이 반겼다.

"나 역시 그 낭자를 보고 싶었다네. 그대 말을 들으니 참으로 기쁘구나."

다음 날 한 여인이 흰 옥으로 꾸민 가마를 타고 왔다. 정경패가 나와서 여인을 맞이했다. 달나라 선녀가 인간 세상에 내려온 듯, 여인의 몸에서 빛이 났다.

정경패가 말했다.

"저는 팔자가 기구해 집 밖에 나가지 못하고 있습니다. 이렇게 몸소 와 주시니 감사할 따름입니다."

여인이 대답했다.

"저는 원래 시골 사람으로, 아버지를 일찍 여의고 어머니께 의지해 지금껏 살아왔지요. 아가씨의 아름다움과 덕행은 이미 알고 있었습니다. 꼭 한번 직접 뵙고 싶었는데, 오늘에야 평생소원을 푼 듯합니다. 이곳에 춘운이라는 여인도 있다고 들었습니다. 한번 만날 수 있겠습니까?"

정경패는 즉시 가춘운을 불렀다. 가춘운이 공손하게 인사하자 여인이 일어나 반갑게 맞이했다. 여인은 정경패와 가춘운을 보고 속으로 생각했다.

'듣던 대로구나. 정경패가 저리 아름답고 가춘운이 이리 매혹적이니, 양 상서가 어찌 이들과 헤어지려 하겠는가?'

사실 여인은 신분을 숨긴 난양 공주였던 것이다.

세 사람은 처음 만난 사이였지만 오랜 친구처럼 정답게 이야기를 나누었다. 날이 저물어 헤어질 때가 되자, 셋은 무척이나 아쉬워하며 또다시 만나자고 약속했다.

여인이 돌아가자 정경패가 가춘운에게 말하였다.

"보배로운 검은 땅에 묻혀 있어도 그 빛이 북두칠성에 이르고, 큰 조개는 바닷속에 있어도 그 빛이 누각을 비춘다더니 과연 저 여인이 그러하구나. 여태까지 여인에 대한 소문을 듣지 못한 게 이상할 정도구나."

가춘운이 고개를 끄덕였다.

"저도 그 점이 의심스럽습니다. 전에 상공께서 진 어사의 딸과 혼인을 약속했는데, 난리를 겪은 뒤로 그 집 아가씨가 어디로 갔는지 모른다고 들었습니다. 혹시나 그 여인이 이름과 성을 고치고 우리를 만나러 온 건 아닐까요?"

"나도 그 이야기는 들었다. 하지만 그 여인은 궁궐 하녀로 들어갔다고 들었는데, 어찌 이곳에 오겠느냐? 그보다는 난양 공주의 재주와 미모, 덕이 두루 으뜸이라 하던데 그쪽이 의심되는구나."

며칠 뒤, 여인이 찾아와 최씨 부인과 정경패에게 작별 인사를 했다.

"몸이 많이 좋아져서, 내일 절강으로 떠나려 합니다."

정경패가 몹시 아쉬워했다.

"이렇듯 갑작스럽게 떠나시다니 너무나 안타깝습니다."

여인이 말했다.

"가기 전에 부탁 하나만 드려도 될는지요?"

"무엇입니까?"

"제가 늙은 어머니를 위해 남해 관음보살의 모습을 수놓았는데, 아직 좋은 시를 짓지 못했습니다. 만약 아가씨께서 시를 써 주신다면 영원히 잊지 못할 것입니다. 아가씨께서 부담스러워하실까 염려되어서 족자를 가져오진 않았지만, 제가 사는 곳이 여기와 멀지 않답니다. 잠깐 시간을 내어 주실 수 있는지요."

정경패가 흔쾌히 허락했다.

"비록 글재주는 없으나, 어머니를 위한 일인데 어찌 돕지 않겠습니까? 곧바로 가겠습니다."

여인은 크게 기뻐했다.

"감사합니다. 지금 저의 가마를 함께 타고 갔다가 돌아오는 것은 어떻습니까?"

정경패는 흔쾌히 허락했다.

그리하여 도착한 여인의 침실은 금장식과 비단실, 자개 등 귀한 물건들로 가득 채워져 있었다.

"수놓을 비단은 어디 있습니까?"

그때 갑자기 말발굽 소리가 요란하게 들리더니, 수십 개의 깃발이 집 밖을 에워쌌다. 정경패가 깜짝 놀라자 여인이 말했다.

"놀라지 마십시오. 저는 이 통판의 누이가 아니라 난양 공주입니다. 태후께서 아가씨를 궁으로 모셔 오라 하셨습니다."

정경패가 깜짝 놀라 절을 올렸다.

"귀한 공주님을 미처 알아보지 못했습니다. 예의 없이 굴었던 제게 벌을 내려 주십시오."

"아닙니다. 태후께서 기다리시니 어서 가시지요."

그리하여 정경패는 난양 공주와 함께 궁궐로 가게 되었다.

난양 공주가 정경패의 고운 마음씨에 대해 귀띔하자, 태후는 감탄하였다.

"정경패는 대신의 딸이요, 양 상서와 혼인한 사이이니 조복*을 내려서 입고 오도록 하라."

궁녀가 옷을 가져와 정경패에게 건넸다. 정경패는 깜짝 놀랐다.

"천한 여인의 몸인 제가 어찌 조복을 입겠습니까?"

태후는 겸손한 모습을 더욱 기특히 여기고, 정경패를 불러 이렇게 이야기했다.

"양 상서는 다시없을 호걸이자 영웅이로다. 그리하여 부마로 정하려 했는데, 너와 이미 혼인한 사이라 하니, 너를 먼저 이곳으로 데려온 것이다. 나에게 일찍이 두 딸이 있었는데, 딸 하나가 죽은 뒤에 난양 공주만이 남아 쓸쓸하고 외로웠단다. 너를 보니 난양과 자매라 하여도 이상할 것이 없구나. 내 너를 양녀로 정하여 난양과 함께 지내게 하고자 한다."

정경패가 무릎을 꿇고 말했다.

"아닙니다. 제가 어찌 난양 공주님과 자매가 되겠습니까?"

"이미 정한 일이니 사양하지 말거라. 그보다 네 글재주가 높다 하니, 시를 한 수 지어 나를 위로해 보거라. 예전에는 〈칠보시(七步詩)〉라 하여, 일곱 걸음을 걷는 동안 시를 지었다고 한다. 너도 그렇게 할 수 있느냐?"

"저의 글이 너무나 부족하지만, 태후마마의 명을 어찌 거스르겠습니까?"

* **조복**(朝服) 관원이 조정에 나아가 예를 차릴 때 입던 예복. 붉은빛의 비단으로 만들며, 소매가 넓고 깃이 곧다.

곁에 있던 난양이 말했다.

"혼자 짓기에 부담이 될지 모르니, 제가 함께 짓겠습니다."

마침 이때가 춘삼월이라, 복숭아꽃 가지 위에서 까치가 짖고 있었다. 태후는 그것으로 시를 짓도록 했다. 궁녀가 겨우 다섯 걸음을 옮겼을 뿐인데, 두 사람 모두의 시가 완성되었다. 태후는 먼저 정경패의 시를 보았다.

궁궐의 봄빛이 복숭아꽃에 무르익으니
어디서 온 예쁜 새가 지저귈까?
누각 위에서 궁궐의 기녀가 노래를 부르니
남쪽 나라의 아름다운 꽃이 까치와 더불어 깃드는구나.

이번에는 난양 공주의 시를 보았다.

궁궐에 봄이 깊어 모든 꽃이 활짝 피니
신령스런 까치가 기쁜 소식 전해 주네.
은하수 위에 다리를 놓아서
우리 나란히 직녀성을 건너리라.

태후는 시들을 보면서 칭찬을 아끼지 않았다.

"훌륭하구나. 꽃과 까치의 조화는 흡사 너희 두 자매의 아름다운 어울림과도 같도다. 함께 직녀성을 건너겠다는 마음도 참으로 다정하구나."

때마침 황제가 태후에게 문안 인사를 드리러 왔다. 태후는 난양 공주와 정경패에게 잠시 자리를 피하라고 이르고는 황제에게 조용히 귀띔했다.

"정경패를 내 양녀로 삼아, 둘이 함께 양 상서를 섬기게 하려 한다. 어찌 생각하느냐?"

황제가 크게 기뻐했다.

"참으로 현명하신 처분입니다."

태후는 다시 정경패를 불렀다. 황제는 흡족해하며 친필로 '정씨를 영양 공주로 봉한다.'라는 글을 내렸다. 이제 정경패는 영양 공주가 되었다.

태후는 영양 공주와 난양 공주가 함께 자리에 앉도록 했다. 그러고는 영양 공주의 나이가 한 살 더 많으니 윗자리에 앉으라고 일러 주었다. 영양 공주는 몇 번을 사양하다가 결국 윗자리에 앉게 되었다.

황제가 이어서 말했다.

"한 가지 더 말씀드릴 게 있습니다. 바로 진채봉입니다."

황제는 진채봉과 양소유 사이의 인연과 그간의 일들을 태후에게 자세히 설명했다. 황제는 두 공주가 혼인하면 진채봉을 양소유의 첩으로 들이는 것이 어떻겠냐고 부탁했다. 태후는 이를 허락하고 바로 진채봉을 불러서 말했다.

"너를 양 상서의 첩으로 들일 것이다. 앞으로도 난양 공주를 곁에서 섬기도록 해라. 그나저나 네 글솜씨가 무척 뛰어나다고 들었는데, 한번 볼 수 있느냐?"

진채봉은 즉시 시를 지어서 올렸다.

까치 소리 붉은 궁궐에 울려 퍼지니
봄바람 불어와 봉선화 피었구나.
보금자리 찾아 남쪽으로 가길 기다리지 않고,
보름날 별들은 동녘에 드문드문하구나.

담고 있는 뜻과 필법이 모두 뛰어난 시였다.

"재주 있는 여인 셋이 모였으니 이 자리가 참 성대하구나!"

태후와 황제는 칭찬을 아끼지 않았다.

다음 날 영양 공주가 태후께 아뢰었다.

"그간 있었던 일을 부모님께 제대로 말씀드리지 못했습니다. 아마 많이 걱정하고 계실 것입니다. 집에 잠시 돌아가 부모님께 상황을 전하고 싶습니다."

"너는 공주의 몸이 되었으니 아직은 사사로이 출입할 수 없다. 마침 최씨 부인과 의논할 일이 있으니, 내가 직접 부르겠다."

곧 태후가 명령을 내려 최씨 부인을 불러들였다.

최씨 부인이 인사드리자 태후가 말했다.

"내가 부인의 딸을 양녀로 삼았다오. 부인은 염려 마시오."

최씨 부인은 감사한 마음뿐이었다.

"저에겐 아들이 없고 딸 하나만 있습니다. 어려서부터 금옥같이 아끼고 사랑했습니다. 태후마마께서 딸아이를 공주로 받아 주시니, 그 은혜 죽어도 갚을 길이 없습니다."

태후가 물었다.

"부인의 집에 가춘운이 있다고 들었소. 함께 왔습니까?"

최씨 부인이 곧바로 가춘운을 불렀다.

"소문대로 곱디곱구나. 글재주 역시 뛰어나다고 들었다. 한번 글을 지어 보겠느냐?"

"어찌 태후마마의 명을 거역하겠습니까?"

가춘운은 즉시 시 한 수를 지었다.

기쁜 소식 전하는 까치의 작은 정성을 스스로 알지니

순나라 임금의 뜰에 다행히 봉황을 따라왔구나.

진나라의 봄빛이 꽃나무 천 그루를 세 겹으로 둘렀으니
어찌 가지 하나를 빌려주지 않겠는가.

태후는 가춘운의 재주를 칭찬하며 감탄을 금치 못했다.

"춘운의 재주가 이토록 뛰어날 줄이야!"

곁에 있던 난양 공주가 덧붙였다.

"자신을 까치에 비유하고, 영양 공주를 봉황에 비유한 것이 참으로 멋집니다. 또한 시의 마지막에 가지 하나를 빌린다는 것은 제가 자신을 용납하지 않을까 걱정하는 뜻을 표현한 것입니다. 옛말에 '나는 새가 사람에게 의지하면 사람이 스스로 사랑한다.'라고 하였는데, 이는 바로 춘운을 가리키는 것입니다."

그러고는 밝게 미소 지었다.

난양 공주는 말을 마치고 가춘운을 데리고 물러나와 영양 공주를 뵙게 하였다. 마침 이곳에는 진채봉도 함께 있었다. 난양 공주가 진채봉을 소개했다.

"이 여인은 화음의 진채봉이라 한다. 앞으로 그대와 함께할 사람이다."

가춘운이 물었다.

"혹시 〈양류사〉를 지으신 분입니까?"

진채봉이 대답했다.

"〈양류사〉를 어떻게 아십니까?"

"양 상서께서는 매일 〈양류사〉를 읊으며 낭자를 생각하셨습니다."

진채봉은 눈물을 흘렸다.

"상서께서 옛일을 잊지 않으셨구나."

한편 최씨 부인은 집으로 돌아갈 준비를 했다. 이 소식을 듣고 두 공주와 진채봉은 태후가 머무는 곳으로 들어갔다.

마침 태후가 최씨 부인과 이야기를 나누고 있었다.

"양 상서가 돌아오면 두 딸아이의 혼례를 함께 올릴 것이오."

"예. 말씀에 따르겠습니다."

"그런데 양 상서는 영양 공주와의 약속을 지킨다며 몇 번이나 황제의 명을 따르지 않았다오. 나 또한 양 상서를 골려 볼까 하는데 어떻소?"

최씨 부인이 미소를 띠었다.

"어떻게 하면 되겠습니까?"

"그가 돌아오면 '정경패가 양 상서를 기다리다 지쳐서 세상을 떠났다.'라고 전하시오."

"예. 분부대로 하겠습니다."

최씨 부인은 가춘운을 따로 불러 계획을 전했다.

"양 상서에게 경패가 죽었다고 속이거라."

가춘운은 걱정스러운 표정을 지었다.

"전에 상서를 곤란하게 했던 죄가 큰데, 또 속이면 무슨 면목으로 상서를 뵙겠습니까?

옆에 있던 영양 공주가 미소 지으며 말했다.

"태후께서 명하신 일이니 그리하도록 하자."

가춘운은 빙긋 웃으며 고개를 끄덕였다.

이 무렵 양소유는 토번군 대장 찬보를 붙잡아 항복을 받아 냈다. 양소유는 그야말로 위풍당당하게 장안으로 돌아왔다. 황제가 친히 마중을 나가 양소유의 손을 잡으며 말했다.

"만 리 밖에 나가 역적들을 깨끗이 쓸어버린 공을 어떻게 갚겠는가?"

양소유는 그날로 대승상 위국공*의 자리에 봉해졌다.

양소유는 크게 감사해하고 물러나 정 사도 집으로 향했다.

그런데 정 사도 집의 분위기가 심상치 않았다. 정경패의 사촌 오빠 십삼이 슬픈 표정으로 승상을 맞이했다. 양소유가 무슨 일인

---

* **위국공** 위나라를 다스리는 제후.

지 묻자 십삼이 말했다.

"누이가 세상을 떠나, 다들 이렇게 눈물로 지내고 있습니다."

양소유의 정신이 아득해졌다. 한참 동안 아무 말도 못 하다가 겨우 입을 뗐다.

"세상을 떠나다니, 죽었단 말이오?"

양소유의 뺨에 눈물이 하염없이 흘렀다. 십삼이 다독이며 말했다.

"승상과 혼인을 정하였다가 불행히도 이렇게 되었으니, 우리 집 가문의 운이 다한 것 아니겠습니까? 승상은 슬퍼 마십시오."

양소유는 눈물을 닦고 정 사도 부부에게 인사를 드렸다.

"저는 나라의 명으로 멀고 먼 타국에 가서 공을 세우고 돌아오는 길입니다. 이제 정경패와 천생연분을 맺으려 하였으나, 하늘이 그르게 여기시어 이미 세상을 떠났다 하니 슬픈 마음을 가눌 수가 없습니다."

정 사도가 대답했다.

"사람의 생사는 하늘에 달려 있으니 어쩌겠나? 오늘은 승상이 무사히 돌아온 날이니, 슬픈 이야기는 그만하시게."

양소유는 자리에서 일어나 화원에 들어갔다. 그곳에서 자신을 반갑게 맞이하는 가춘운을 보니, 정경패에 대한 생각이 절로 떠올랐다. 양소유는 눈물을 흘리고야 말았다.

가춘운이 양소유를 위로했다.

"너무 슬퍼 마시고 저의 말을 들으십시오. 아가씨는 원래 하늘 나라에서 귀양살이를 왔던 분입니다. 하늘로 올라갈 때 제게 말씀을 남기셨습니다. 양 승상께선 너무 슬퍼하지 말고, 자신의 무덤에도 제사를 지내지 말라고요."

양소유는 한참을 묵묵히 있었다.

"그렇구나. 또 무슨 말을 하던가?"

"차마 제 입으로 말하지 못하겠습니다."

"무슨 말이었느냐?"

가춘운은 양소유를 똑바로 바라보며 말했다.

"상서께서 가춘운을 사랑해 주시라고 전하였습니다."

양소유는 가춘운을 안으며 말했다.

"그런 이야기를 하지 않았던들 어찌 너를 버리겠느냐."

●

양소유는 눈을 뜨고 멍한 표정으로 물었다.

"너는 누구냐?"

"저를 알지 못하십니까? 채봉입니다."

"채봉이 누구냐?"

●

정경패를 만나다니 꿈만 같구려!

다음 날 황제가 양소유를 불러 말했다.

"그대가 예전에는 부마가 되기를 사양하였지만, 이제 정경패가 죽었으니 어찌겠는가? 난양 공주와의 혼인 날짜를 잡으려 하는데 그대의 뜻이 궁금하도다."

양소유는 절을 올리고 대답했다.

"폐하의 말씀을 제가 어찌 거역하겠습니까. 명을 따르도록 하겠습니다. 다만 소신의 가문이 미천하고 재능이 부족한데 부마의 자리에 마땅한지 조심스러울 따름입니다."

황제는 크게 기뻐하며 흠천감*을 통해 좋은 날을 정하도록 하니, 구월 보름이었다.

황제가 양소유에게 말했다.

"짐에게는 누이동생 둘이 있으니, 영양 공주와 난양 공주이다. 외적을 토벌한 공이 크기에 두 공주를 모두 그대에게 시집보내려 한다. 영양 공주를 정부인(正夫人)으로 정하고, 난양 공주를 둘째 부인으로 정하여 함께 혼사를 치르게 할 것이다. 또한 궁녀 진씨는 난양 공주와 자매처럼 지내는 사이인데, 용모가 아름답고 글재주가 뛰어나다. 궁녀 진씨도 그대의 첩으로 삼도록 하라."

양소유는 감사의 인사를 올리고 물러났다.

어느덧 시간이 흘러 구월 보름날이 되었다. 궁궐 밖에서 양소유와 두 공주의 혼례가 거행되는 날이었다. 비단으로 만든 도포와 옥으로 된 띠를 두른 양소유에게서 위엄이 넘쳤다.

혼례식이 끝난 첫날밤, 양소유는 영양 공주와 동침하고 다음 날은 난양 공주와 함께 보냈다. 그다음 날엔 진씨의 처소로 향했다.

그런데 진씨가 양소유를 보고는 슬픈 마음이 복받쳐 눈물을 흘리는 것이다. 양소유가 의아해하며 물었다.

"오늘같이 즐거운 날에 왜 눈물을 흘리는가?"

"승상께서 절 알아보지 못하시니 슬퍼서 그렇습니다."

＊ **흠천감** 천문과 기상을 관측하고 달력을 편찬하며 나랏일의 길흉을 점치던 일을 맡아보던 관청.

그제야 양소유는 진씨가 진채봉이라는 사실을 깨달았다. 양소유는 진채봉의 두 손을 부여잡고 말했다.

"낭자였구려! 그동안 낭자가 죽은 줄만 알았소. 오늘 이렇게 그대를 만나게 될 줄 어찌 알았겠는가? 이별하고 나서 하루도 그대를 잊은 적이 없소."

양소유는 곧바로 〈양류사〉를 읊고는 말했다.

"처음에 그대를 배필로 삼으리라고 약속했는데, 오늘에야 첩으로 들이게 되었습니다. 내가 약속을 지키지 못했구려. 참으로 부끄럽소."

진채봉이 대답했다.

"저는 처음부터 승상께 아내가 있으면 첩이라도 되길 원했습니다. 그러니 무슨 원통함이 있겠습니까? 이렇게 만난 것만으로도 크나큰 행복입니다."

우여곡절 끝에 다시 만나게 된 두 사람의 긴긴 밤은 참으로 다정했다.

다음 날 양소유가 두 공주와 술자리를 함께할 때였다. 영양 공주의 목소리를 들으니 양소유의 머릿속에는 문득 정경패가 떠올랐다.

'영양 공주가 정경패의 모습과 무척 비슷하구나. 아…… 슬프도

다. 나는 두 공주와 함께 있는데 그녀의 외로운 혼은 어디에 있을까?'

양소유의 눈에 눈물이 핑 돌았다. 이를 본 영양 공주가 잔을 놓고 물었다.

"승상께선 무슨 일로 슬퍼하십니까?"

"내 일찍이 정 사도댁 아가씨를 만났는데, 그 얼굴과 목소리가 그대와 무척 비슷하오. 문득 그 여인 생각이 나서 그렇다오."

그 말을 들은 영양 공주의 얼굴빛이 변하더니 안으로 들어가 버렸다.

난양 공주가 말했다.

"영양 공주는 태후마마의 딸이요, 황제의 누이입니다. 그런데 승상께서 여염집 여자와 비교하시니 자존심이 많이 상한 것 같습니다."

양소유는 곧바로 진채봉을 보내 영양 공주에게 사과의 뜻을 전했다.

잠시 후 진채봉이 돌아와 말했다.

"공주님께서 하신 말씀을 차마 아뢰지 못하겠습니다."

"공주의 말씀이 비록 지나쳤다 해도 그대의 죄가 아니니 말해 보시오."

진채봉이 마지못해 대답했다.

"공주님께선 화를 내시며 이렇게 말씀하셨습니다. '나는 황태후의 딸이요, 정경패는 여염집 천인이다. 그녀는 아름다운 얼굴만 자랑하면서 거문고로 수작을 걸었으니 행실이 좋지 못한 여인임이 분명하다. 게다가 혼인 시기를 놓쳐서 결국 세상을 떠난 걸 보면 타고난 운수도 나쁜 사람이다. 어찌 나를 그런 여인과 비교한단 말이냐? 받아들일 수 없다. 승상은 성격이 온순하고 인정 많은 난양 공주와 백년해로하시라고 전해라.'라고 하셨습니다."

양소유는 화를 감추지 못했다.

"아무리 내가 잘못했다고 해도 자기 위세만 믿고 가장을 업신여기다니, 원! 내가 이럴 줄 알고 부마 되기를 꺼렸던 것이다!"

그러고는 난양 공주에게 말했다.

"내가 정경패를 만난 데에는 나름의 사정이 있었습니다. 그런데 영양 공주가 그녀를 행실이 나쁜 여인으로 몰아가며 책망하니 참으로 안타깝습니다."

"언니가 잘 알아듣도록 제가 말씀드리겠습니다."

난양 공주는 안타까운 듯 대답한 뒤 즉시 방으로 들어갔다. 하지만 날이 저물도록 나오지 않았다.

한참 뒤 난양 공주는 시녀를 통해 전갈을 보내왔다.

"백 번을 알아듣도록 잘 타일렀지만 도무지 듣질 않습니다. 저는 언니와 생사고락을 함께하기로 했습니다. 언니가 깊은 방에서

혼자 늙기로 결단했으니, 저도 승상을 모시지 못하겠습니다. 승상
께서는 진채봉과 함께 백년해로하십시오."

양소유는 화가 머리끝까지 치밀어 올랐지만 어쩔 도리가 없었
다. 빈방에서 촛불만 바라보고 있는데, 진채봉이 다가와 향을 피우
고는 양소유에게 말했다.

"두 공주마마께서 마음이 편치 않으신데 제가 어찌 승상을 모실
수 있겠습니까? 저도 이만 물러나도록 하겠습니다."

진채봉은 조용히 나가 버렸다.

양소유는 더욱 분한 마음이 들어 밤잠을 설쳤다.

'저희들끼리 서로 작당하고 나를 이토록 조롱하는 것이 분명하
다. 세상에 이런 고약한 일이 어디 있는가? 아, 옛날이 그립다. 정
사도 집에선 낮에는 술 마시고, 밤에는 춘운과 행복한 시간을 보냈
는데……. 부마 된 지 3일 만에 이토록 마음이 괴로울 줄이야!'

양소유는 울적한 마음에 창문을 열었다. 새하얀 달빛이 뜰에 가
득하고 푸른 은하수가 하늘에 펼쳐져 있었다. 잠깐 일어나 뜰 앞을
걷는데, 영양 공주의 방에서 불빛이 새어 나오는 게 보였다. 심지
어 웃음소리도 들렸다.

'밤이 깊었는데 어째서 아직도 잠에 들지 않는가? 게다가 영양
공주는 나한테 화가 나서 들어갔는데, 어째서 웃음소리가 들릴까?'

양소유는 방 쪽으로 몰래 다가갔다. 창밖에서 가만히 살피니 주

사위 놀이하는 소리가 생생하게 들렸다. 양소유는 창틈으로 안을 엿보았다. 방에는 두 공주와 진채봉, 그리고 낯이 익은 다른 한 여인이 있었다. 바짝 더 다가가 살펴보니 바로 가춘운이었다. 사실 가춘운은 양소유와 공주와의 혼례식 때 궁에 들어왔지만, 몸을 감추고 양소유를 만나고 있지 않았던 것이다.

양소유는 깜짝 놀랐다.

'춘운이 여기 왜 왔을까?'

진채봉이 주사위를 던지며 말했다.

"주사위 놀이는 내기를 해야 재미있답니다. 춘운과 제가 내기를 하지요."

가춘운이 대답했다.

"저는 원래 가난하여 내기에 이겨 술 한 잔과 음식 한 그릇만 얻어도 다행이라고 여긴답니다. 진 부인께선 그동안 공주마마를 모셨으니 명주나 비단처럼 값진 물건이 많을 텐데, 무슨 내기를 할 수 있겠습니까?"

"내가 지면 이 반지와 비녀를 주겠네. 그대가 지면 내 부탁을 하나 들어주면 되고 말이야."

"무슨 부탁입니까?"

진채봉이 웃으며 말했다.

"예전에 춘운은 신선도 되고 귀신도 되어 승상을 속인 일이 있다고 들었다. 그 이야기를 자세히 듣고 싶다네."

가춘운이 주사위 판을 밀치고는 영양 공주에게 말했다.

"아가씨! 아가씨께선 평소 저를 사랑하신다면서 어찌 이런 말씀을 남들에게 하셨습니까? 진 부인께서 이미 아시는데, 궁중에 귀 있는 사람이면 누가 듣지 못했겠습니까? 저는 남들이 볼까 봐 얼굴을 들지 못하겠습니다."

진채봉이 깔깔 웃으며 말했다.

"공주님을 어찌 아가씨라고 부르는가? 공주님은 승상의 부인이시다. 비록 나이는 어리지만 지위가 높아졌으니 아가씨라고 불러서는 안 될 것이다."

가춘운이 웃으며 사과했다.

"곁에서 10년 넘게 부르던 버릇을 고치기 어렵습니다. 꽃을 놓고 서로 이야기 나누던 게 엊그제 같아서 그랬으니 용서하셔요."

여인들이 함께 웃었다. 진채봉이 다시 물었다.

"그런데 그때 정말로 승상이 완전히 속았습니까?"

영양 공주가 대신 대답했다.

"왜 안 속았겠는가? 원래 승상이 겁내는 모습을 보려고 했는데, 승상은 귀신을 무서워하지도 않고 오히려 동침하려고 하시더구나. 예로부터 색(色)을 밝히는 사람을 색중아귀(色中餓鬼)라더니, 승상 같은 사람을 두고 하는 말이 아니더냐."

영양 공주의 말에 다들 크게 웃었다.

양소유는 이들의 대화를 엿듣고 나서야 영양 공주가 정경패라는 사실을 깨닫게 되었다. 반가운 마음에 급히 문을 열고 들어가려다가 도로 멈추고 생각했다.

'저희들끼리 나를 속였으니 나도 저들을 속이리라.'

그러고는 방으로 돌아왔다.

다음 날 진채봉이 시녀에게 물었다.

"승상께선 일어나셨느냐?"

"아직 일어나지 않으셨습니다."

진채봉은 문밖에서 오랫동안 기다렸지만, 때때로 신음하는 소리만 들릴 뿐이었다. 진채봉이 방으로 들어가 물었다.

"어디 편찮으십니까?"

양소유는 자리에서 일어나지 않은 채 계속 잠꼬대를 했다. 진채봉이 걱정스러워하며 물었다.

"무슨 잠꼬대를 이리 하십니까?"

양소유는 눈을 뜨고 멍한 표정으로 물었다.

"너는 누구냐?"

"저를 알지 못하십니까? 채봉입니다."

"채봉이 누구냐?"

진채봉은 깜짝 놀라서 양소유의 이마에 손을 댔더니, 열이 펄펄 끓고 있었다.

"어찌 하룻밤 사이에 이렇듯 병환이 나셨습니까?"

"꿈에 정경패가 나왔다. 둘이서 함께 밤새도록 이야기를 나누었더니 몸이 이러하다."

그러고는 아무 대답도 하지 않고 돌아누웠다.

진채봉은 서둘러 이러한 상황을 두 공주에게 아뢰었다.

"승상의 병이 위중하니 빨리 나와 보십시오."

영양 공주가 말했다.

"어제 술을 먹은 사람이 무슨 병이란 말이냐? 우리를 나오게 하려는 수작이다."

"아닙니다. 사람을 알아보지 못하는 지경입니다. 어서 폐하께 말씀드리고 의원을 불러 치료해야 합니다."

이 사실을 안 태후는 두 공주를 불러 크게 꾸짖었다.

"너희가 승상을 너무 희롱했구나. 병이 위중한데 어찌 나가 보지 않느냐? 급히 문병하고 의원을 불러 치료하도록 하라."

두 공주는 서둘러 양소유의 침소로 향했다. 영양 공주는 밖에 있고, 난양 공주와 진채봉이 먼저 안으로 들어갔다. 양소유는 가쁜 숨을 내쉬며 말했다.

"내 명이 다한 듯싶으니, 모두에게 마지막 인사를 해야겠소. 영양 공주는 어디 있소?"

난양 공주가 대답했다.

"마지막 인사라니요, 어찌 그런 말씀을 하십니까?"

"지난밤 경패가 꿈속에 나타나, '어찌 저와의 약속을 저버리십니까?' 하면서 나에게 술을 한 잔 주었소. 눈을 감으면 그녀가 내 품에 와서 눕고, 눈을 뜨면 그녀가 내 앞에 서 있다오. 경패가 나를 이렇게나 원망하는데 내 어찌 멀쩡히 살 수 있겠소?"

양소유는 벽을 향해 헛소리를 몇 마디 하더니 다시 자리에 누웠다. 난양 공주는 서둘러 밖으로 나와 영양 공주에게 말했다.

"승상의 병이 위중한 듯합니다. 언니는 급히 들어가 보십시오."

영양 공주는 의심쩍은 마음이 들었지만, 어쩔 수 없이 방으로 들어갔다. 양소유가 계속 헛소리를 하고 있었다. 난양 공주가 크게 소리쳤다.

"상공! 영양 공주가 왔으니 눈을 들어 보십시오."

양소유가 잠깐 머리를 들어 손을 내밀자, 진채봉이 서둘러 부축하였다. 양소유가 자리에 앉아 말했다.

"두 공주와 백년해로하려 했지만, 지금 나를 잡아가려 하는 사람이 있어서 세상에 오래 머물지 못할 것 같습니다."

영양 공주가 말했다.

"왜 그리 허황된 말씀을 하십니까? 정경패의 혼이 어찌 감히 궁궐에 들어오겠습니까?"

"그녀의 혼령이 지금 내 앞에 앉아 있는데, 대체 무슨 말을 하는가?"

그러고는 허공을 향해 두 손을 휘이휘이 휘둘렀다. 영양 공주는 더 이상 속일 수 없다고 판단했다.

"승상께서 죽은 정경패를 이렇듯 생각하시는데, 살아 있는 모습을 보면 어떠시겠습니까? 제가 바로 정경패입니다."

양소유는 속으로 피식 웃음이 나왔지만, 그 말을 믿지 못하는 척 행동했다.

"어찌 그런 말씀을 하시오? 경패의 혼령이 나를 저승에 데려가 전생의 연분을 맺고자 한다오. 그런데 경패가 살아 있다니 말이 된다고 생각하오? 내 병을 위로하려고 속이지 마시오."

난양 공주도 거들었다.

"승상, 의심을 거두십시오. 전에 태후마마께서 정경패를 양녀로 삼으시고 영양 공주에 봉하였답니다. 그래서 이렇게 함께 승상을 섬기게 된 것입니다. 영양 공주가 정경패라는 사실은 의심의 여지가 없습니다. 그렇지 않다면 어찌 얼굴과 말소리가 이렇게 똑같겠습니까?"

묵묵히 듣던 양소유가 불현듯 말을 꺼냈다,

"내가 정 사도댁에 있을 때, 그곳에 경패의 시녀인 춘운이 있었는데……. 아, 보고 싶구려!"

난양 공주가 곧바로 대답했다.

"춘운은 지금 밖에 있습니다. 영양 공주를 뵈러 왔다가 승상께서 병이 났다는 소식을 듣고는 달려왔지요."

난양 공주는 즉시 가춘운을 불렀다. 가춘운이 들어와 앉으며 말했다.

"승상, 병환이 어떠하십니까?"

양소유가 말했다.

"춘운 혼자만 있고, 다른 사람은 다 나가시오."

두 공주와 진채봉이 밖으로 나가자, 양소유는 곧바로 일어나 세수하고 옷을 단정히 차려입었다. 그리고 가춘운을 시켜 두 공주와 진채봉을 데려오도록 했다.

세 사람이 들어오자 양소유는 자리에 반듯하게 앉아서 맞았다. 방금까지 아팠던 기색은 온데간데없고, 희미한 미소만 띠고 있었다.

난양 공주가 물었다.

"이제 좀 괜찮으십니까?"

양소유는 위엄 있는 태도로 말했다.

"요새는 나라의 풍속이 이상해진 모양이구려. 부인들이 작당하고 가장을 조롱하니 말이오. 내가 비록 어질진 못하나, 승상의 자리에 있으면서 어찌 문란해진 풍속을 바로잡지 않을 수 있겠소? 그 방법을 생각하다가 병이 들었나 보오. 이제는 전부 나았으니 염려 마시오."

그 말에 다들 웃음을 터뜨렸다. 영양 공주가 말했다.

"그 일은 저희들이 알 바 아니옵니다. 태후께서 걱정하고 계시니 이제 괜찮아지셨다고 말씀드리겠습니다."

양소유는 영양 공주의 손을 잡으며 말했다.

"저승에서나 그대를 볼 수 있을까 했는데 이렇게 만나다니……. 정말 꿈만 같구려."

영양 공주는 얼굴을 붉히며 대답했다.

"이 모든 게 태후마마와 폐하, 그리고 난양 공주 덕분입니다. 그 은혜는 백골이 진토*가 되어도 갚지 못할 것입니다."

옆에 있던 난양 공주가 웃으며 말했다.

"영양 공주의 마음이 아름다워서 하늘이 감동하신 것인데, 제가 무슨 공이 있겠습니까?"

한편 태후 역시 그동안 있었던 일을 전해 듣고는 크게 웃으며 즐거워했다.

* **진토** 티끌과 흙을 통틀어 이르는 말.

다음 날 양소유는 고향에 계신 어머니를 모셔 오고 싶다는 상소문을 올렸다. 황제는 기쁜 마음으로 허락하며 금은보화를 상으로 내렸다.

양소유는 두 공주와 진채봉, 가춘운과 작별하고 고향을 향해 길을 떠났다.

낙양에 다다르니, 계섬월과 적경홍이 벌써 객사에서 기다리고 있었다. 양소유가 웃으며 말했다.

"두 낭자는 어찌 알고 찾아왔소?"

"승상의 행차를 세상이 다 아는데, 산속에 있다 한들 저희가 어찌 모르겠습니까? 승상께서 두 공주를 부인으로 삼으셨다고 들었는데, 두 공주께서 저희도 받아 주실지 모르겠습니다."

"한 분은 폐하의 누이동생이고 또 한 분은 정경패라오. 태후께서 정경패를 양녀로 삼아 영양 공주에 봉하였다오. 두 공주 모두 성품이 어질고 고우니 반갑게 맞을 것이오. 게다가 섬월 그대는 나에게 정경패를 만나 보라고 이야기하지 않았소? 이를 알면 분명 크게 기뻐할 것이오."

계섬월과 적경홍이 이 말을 듣고 무척 기뻐했다. 양소유는 이들과 옛이야기를 주고받으며 즐거운 밤을 보냈다.

그리고 다음 날, 길을 재촉해 고향으로 향했다.

●

"우리 여덟 사람이 이토록 친하게 지내니,

이 어찌 하늘의 뜻이 아니겠습니까?

그러니 마땅히 의자매를 맺어 평생을 함께 지내는 게 어떻습니까?"

　●

하늘이 승상에게
복을 내린 듯합니다

열여섯에 고향을 떠난 양소유가 4년 만에 승상이 되어 돌아왔다.

유씨 부인은 늠름하게 자란 아들의 손을 부여잡고 등을 어루만지며 감격스러워했다.

"네가 정말 내 아들이 맞느냐? 어린 너를 기를 때 이런 영광이 기다릴 줄 어찌 알았겠느냐?"

유씨 부인의 눈에서 기쁨의 눈물이 흘렀다.

양소유는 조상의 묘에 가서 제사를 드린 뒤, 큰 잔치를 베풀었다. 곧이어 친구와 일가친척들이 전부 모여 축하하며 즐거운 시간을 보냈다.

며칠 뒤, 양소유는 어머니를 모시고 장안으로 향했다.

궁궐로 들어가 황제와 태후께 인사를 드리니, 황제는 크게 기뻐하며 유씨 부인을 위해 사흘 동안 성대한 잔치를 열었다. 영양 공주와 난양 공주, 진채봉과 가춘운도 예를 갖추어 유씨 부인에게 인사를 올렸고, 부인은 무척 흐뭇해했다.

잔치가 끝난 뒤 이들은 황제가 내려 준 새집으로 들어갔다. 그런데 문지기가 들어와 양소유에게 아뢰었다.

"두 여인이 찾아와 승상을 뵙고 싶다고 합니다."

양소유가 말했다.

"분명 계섬월과 적경홍일 것이다. 어서 들어오도록 하여라."

곧 계섬월과 적경홍이 들어와 인사를 드렸다. 주위 사람들이 이들의 고운 외모에 감탄했다. 특히 진채봉과 계섬월은 예전의 인연이 있기에 서로 더욱 반가워했다. 영양 공주는 계섬월을 불러 술한 잔을 주며, 양소유에게 자신을 추천해 주었다는 사실에 고마워했다. 그러자 옆에 있던 유씨 부인이 말했다.

"너희는 섬월에게만 감사하고, 내 사촌인 두 연사의 공은 잊었느냐?"

양소유가 대답했다.

"맞습니다. 오늘날 이렇게 즐거울 수 있는 것은 다 두 연사님 덕분입니다."

그러고는 즉시 자청관에 사람을 보냈지만, 두 연사는 촉나라로 떠난 지 오래였다. 양소유와 유씨 부인은 크게 아쉬워했다.

　　하루는 여러 부인들이 함께 차를 마시며 담소를 나누고 있는데, 양소유가 편지 한 통을 들고 왔다. 양소유는 그 편지를 난양 공주에게 보여 주었다.

　　"부인의 오라버니인 월왕께서 편지를 보내셨다오. 한번 읽어 보시오."

　　난양 공주가 펴 보니 다음과 같은 글이 쓰여 있었다.

　　지난번 나라에 일이 많아 함께 즐거운 시간을 보내지 못했습니다. 이제 황제 폐하의 넓으신 덕과 승상의 큰 공으로 나라가 태평성대를 이루었으니, 오랜만에 봄나들이를 하고자 합니다. 승상께서 좋은 날을 정하여 알려 주시기 바랍니다.

　　난양 공주가 양소유에게 말했다.

　　"월왕의 뜻을 아시겠습니까?"

　　"말 그대로 봄나들이를 하자는 것 아닙니까?"

　　난양이 고개를 저으며 말했다.

　　"오라버니는 풍류를 아주 좋아하십니다. 얼마 전엔 이름난 기생

만옥연을 얻었다고 합니다. 오라버니께서 승상의 집에 미인들이 많다는 소문을 듣고는 한번 다투어 보고자 하는 것 같습니다."

양소유는 크게 웃었다.

"하하, 정말로 그렇소?"

영양 공주가 말했다.

"아무리 노는 일이라지만 어찌 남에게 질 수야 있겠습니까?"

그러고는 계섬월과 적경홍을 쳐다보며 말했다.

"이날 승부는 두 낭자에게 달려 있으니, 부디 힘써 주시오."

계섬월이 대답했다.

"월나라의 풍류는 세상의 으뜸이요, 만옥연은 천하의 절색*입니다. 제가 부족하여 누를 끼치게 되지는 않을까 걱정입니다."

적경홍이 이 말을 듣고는 큰 소리로 말했다.

"섬월은 어찌 그렇게 말하시오? 우리 두 사람이 관동 칠십 주를 돌아다녔지만 당할 사람이 없었는데, 이제 와 만옥연 한 사람을 두려워하는 것이오?"

계섬월은 적경홍에게 물었다.

"경홍은 어찌 이처럼 자신만만한 것이오?"

그러고는 양소유에게 웃으며 아뢰었다.

---

* **절색** 견줄 데 없이 빼어나게 아름다운 여자.

"교만한 사람과 하는 일은 반드시 잘못된다고 하였는데, 지금 경홍의 말을 들으니 너무 자신만만하여 불안합니다. 경홍의 얼굴이 그렇게 아름답다면 예전에 승상께서 어찌 남자라고 속으셨겠습니까?"

이번에는 영양 공주가 미소 지으며 말했다.

"경홍의 얼굴이 부족한 게 아니라 승상의 눈이 밝지 못했기 때문이지요."

양소유가 크게 웃으며 대답했다.

"부인도 눈이 있으면서 어찌 내가 남자인 줄 모르셨습니까?"

모든 사람들이 크게 웃었다.

며칠 뒤 월왕과 봄나들이 가는 날이 되었다.

양소유는 비단옷을 멋지게 차려입고 하얀 준마에 올랐다. 양옆에는 계섬월과 적경홍을 비롯한 수많은 기녀들이 있었다. 그 모습은 봄날의 복숭아꽃만큼이나 아름다웠다. 월왕 또한 자리를 성대히 갖추고 양소유를 맞이했다. 둘은 준마도 자랑하고 활 쏘는 법도 시험하면서 즐겁게 이야기를 나누었다. 그때 문득 하인 하나가 와서 아뢰었다.

"폐하께서 어명을 내리셨습니다."

월왕과 양소유가 깜짝 놀라 내관을 맞이했다. 내관은 황제가 내

려 준 술을 권하며 말했다.

"폐하께서는 두 분이 진심으로 즐거운 시간을 갖기를 바라셨습니다. 또한 시도 한 편씩 지어 올리라고 말씀하셨습니다."

월왕과 양소유는 황제에게 예를 갖추기 위해 머리를 조아리고 절하며 각각 시를 지어 보냈다.

이제 본격적으로 잔치가 시작되었다. 큰 상에 좋은 술과 맛난 안주가 오르고, 주위에서 아름다운 노랫소리가 들렸다.

월왕이 양소유에게 말했다.

"그간 고생이 많으셨습니다. 오늘 제가 데려온 첩들의 노래와 춤으로 승상을 즐겁게 해 드리려고 합니다."

"어찌 제가 감히 월왕 전하의 여인들과 상대하겠습니까? 저 또한 첩들의 재주를 보여 드려 전하의 흥을 돕고자 합니다."

계섬월과 적경홍, 그리고 월왕궁의 네 미인이 앞으로 나왔다.

양소유가 물었다.

"월왕궁의 네 미인은 마치 하늘 나라에서 내려온 것 같습니다. 저들의 이름은 무엇입니까?"

"두운선, 소채아, 만옥연, 호영영입니다."

"만옥연의 이름은 들은 적이 있습니다. 오늘 그 얼굴을 직접 보니 과연 소문과 같군요."

월왕이 계섬월과 적경홍을 바라보며 물었다.

"저 두 여인은 어떻게 만나게 되었습니까?"

"섬월은 제가 과거 보러 갈 때 낙양에서 정분을 맺었고, 경홍은 연나라를 치러 갈 때 저와 만나게 되었습니다."

"그런 인연이 있었구려!"

월왕은 크게 웃었다. 그러고는 술을 가득 부어 둘에게 상으로 주었다.

계섬월은 속으로 생각했다.

'우리가 월왕의 미인들에 비해 부족하진 않지만 저들은 넷이고 우리는 둘뿐이구나. 채봉과 춘운이 함께 오면 더 좋았을 텐데…….'

그때 마침 두 여인이 수레를 타고 도착했다. 계섬월은 진채봉과 가춘운이 온 줄 알고 서둘러 나가 보았지만, 뜻밖에도 수레에서 내리는 이들은 심요연과 백능파였다. 두 여인은 양소유와 월왕에게 다가가 공손히 절을 올렸다.

양소유가 월왕에게 말했다.

"제가 토번을 정벌할 때 만났던 이들입니다. 지금껏 나랏일이 급해 미처 데려오지 못했는데, 오늘 성대한 모임이 열린다는 사실을 듣고 찾아온 모양입니다."

월왕은 그 두 사람을 찬찬히 살펴보았다. 고고한 태도와 묘한 기운이 이들의 품격을 한층 높여 주었다. 월왕이 물었다.

"두 낭자는 이름이 어떻게 되는가?"

"소첩은 심요연입니다."

"소첩은 백능파입니다."

월왕은 또 물었다.

"두 낭자에겐 무슨 재주가 있느냐?"

심요연이 말했다.

"저는 변방 사람이라 큰 재주는 없습니다. 다만 검술을 조금 배워 압니다."

월왕은 검술을 한번 보여 달라고 말했다.

심요연은 자리에서 일어나더니 몸을 흔들며 칼을 휘두르기 시작했다. 그 변화무쌍한 몸짓에 바람이 불고, 땅이 흔들렸다. 월왕은 크게 감탄하였다.

"세상에! 낭자의 모습이 신선과 같구나."

이번에는 백능파에게 재주를 물었다.

"저는 동정호에서 비파 타는 노래를 자주 들었습니다. 부족하지만 조금은 연주할 줄 압니다."

재주를 보여 달라는 월왕의 청에 백능파는 비파를 가져와 연주하기 시작했다. 맑고도 아름다운 소리가 모든 이를 황홀하게 만들었다. 월왕은 거듭 감탄했다.

"참으로 대단한 연주 솜씨로구나. 허허, 하늘이 승상에게 복을 내렸나 보오."

날이 저물고 흥겨웠던 잔치도 끝이 났다. 양소유도 여인들을 데리고 집으로 향했다.

집안사람들 모두 심요연과 백능파를 반겼다. 심요연이 말했다.

"저희는 먼 지방 사람들입니다. 비록 승상과 인연을 맺었으나, 두 공주마마께서 받아 주지 않으실까 걱정했습니다. 마침 승상께서 월왕 전하와 봄나들이를 가신다는 것을 듣고는, 먼저 외람되게 이곳을 찾았습니다. 오늘에야 두 공주님을 뵙게 되었으니 참으로 영광스럽습니다."

영양 공주가 미소 지으며 말했다.

"승상, 이 궁중에 아름다운 꽃빛이 가득한 것은 모두 저와 난양 공주의 덕이라는 걸 아십니까?"

양소유가 크게 웃으며 대답했다.

"저 두 사람이 공주의 위엄을 두려워하여 아첨하는 것인데, 그걸 모르오?"

그 말에 모두 즐겁게 웃었다. 봄나들이의 승부가 어떠했는지 진채봉이 물었고, 적경홍이 대답했다.

"전에 섬월은 제가 큰소리친다고 비웃었던 적이 있지요. 하지만 저희가 오늘 월왕궁의 미인들을 꺾고 왔답니다. 섬월에게 직접 물어보십시오."

계섬월이 말했다.

"적경홍도 물론 뛰어났지만, 새로 온 두 낭자의 미모와 재주를 그냥 지나칠 수 없습니다."

다들 미소 지으며 심요연과 백능파를 바라보았다. 둘은 부끄러운 듯 얼굴을 붉혔다.

그날 밤은 봄나들이에 대한 이야기꽃이 활짝 피었다. 화기애애한 분위기가 한층 무르익었다.

다음 날 양소유는 궁궐에 들어가 태후에게 문안 인사를 올렸다. 마침 월왕과 두 공주도 함께 있었다. 태후가 월왕에게 물었다.

"어제 승상과 재미있는 승부를 했다고 들었는데 어찌 되었는가?"

월왕이 웃으며 대답했다.

"승상이 하늘에게 복을 내린 것 같습니다. 다만 그 복을 공주에게도 나눠 주는지는 모르겠습니다."

양소유가 말했다.

"월왕이 신을 이기지 못했다고 말씀하시는 것은 지나친 겸손이십니다. 그리고 제가 잘하는지는 공주 본인들이 잘 알 것이니, 친히 물어보십시오."

태후가 공주를 돌아보자, 난양 공주가 대답하였다.

"부부는 한 몸이니 행복과 고생이 어찌 다르겠습니까? 승상의 복이 저희에게도 복이겠지요."

월왕이 웃으며 농담을 건넸다.

"어마마마! 누이가 비록 저렇게 말은 하지만, 지금껏 부마 중에 승상같이 방탕한 자가 있었습니까? 술을 많이 마시는 데다 첩도 여럿 두었습니다. 어마마마께서는 승상에게 벌을 내리십시오."

"여봐라. 궁에서 가장 큰 잔을 가져오너라."

태후는 커다란 술잔에 독한 술을 담아 양소유에게 권했다.

양소유는 술에 크게 취해 두 공주와 함께 돌아왔다. 집에 있던 유씨 부인이 물었다.

"좀처럼 술에 취하지 않는 너인데, 오늘은 어찌 이렇게 취했느냐?"

양소유가 대답했다.

"월왕이 태후마마께 고자질하여 곤란에 처하게 되었습니다. 다행히 잘 말씀드려서 궁중에서 가장 큰 잔에 독한 술을 마시는 벌을 받았습니다. 만일 저의 주량이 약했으면 거의 죽을 뻔했을 것입니다. 월왕이야 봄나들이 때 진 것을 보복하려고 한 일이겠지만, 난양 공주도 제게 첩이 많은 것을 시기하여 오라비와 짜고 계략을 꾸민 듯합니다. 어머니께선 한 잔 술로 난양 공주에게 벌을 내려 주십시오."

유씨 부인이 웃으며 말했다.

"그렇구나. 하지만 공주가 술을 마시진 못하니 이걸로 대신 벌하겠노라."

그러고는 난양 공주에게 설탕물 한 잔을 마시도록 했다.

두 공주와 여섯 낭자는 마치 물고기가 물에서 놀고 새가 구름에서 나는 것같이 즐거운 시간을 보냈다.

하루는 난양 공주가 모두를 모아 놓고 말했다.

"우리 여덟 사람이 이토록 친하게 지내니, 이 어찌 하늘의 뜻이 아니겠습니까? 그러니 마땅히 의자매를 맺어 평생을 함께 지내는 게 어떻습니까?"

여섯 낭자는 겸손히 사양했다. 그러자 영양 공주가 말했다.

"유비, 관우, 장비는 임금과 신하의 관계였지만 형제의 의리를 나누었답니다. 그러니 나와 그대들이 자매가 되지 못할 이유가 어디 있습니까?"

영양 공주의 말에 모두 고개를 끄덕였다.

이들은 불상 앞에 나아가 향을 올린 뒤, 맹세를 하고 글을 지어 올렸다.

세월이 흘러 여덟 부인은 각각 자녀를 낳았다. 두 공주와 가춘

운, 계섬월, 심요연, 적경홍은 아들을 낳았고 진채봉, 백능파는 딸을 낳았다. 자식을 낳을 때마다 서로가 축하해 주니 집안은 무척 화기애애했다.

나라 역시 평화로웠다. 양소유는 황제를 모시면서 열심히 일했고, 때때로 어머니를 모셔다 큰 잔치를 열었다.

‘이제 알겠다!

사부님께서 그르친 생각을 한 나를 인간 세상에 보내어,

부귀영화와 남녀 정욕의 허망함을 깨닫게 하신 거로구나!’

하룻밤 꿈으로

깨닫게 되었습니다

　　세월이 물 흐르듯 흘렀다. 양소유가 승상의 자리에 오른 지도 어느덧 수십 년이 지났다.

　　유씨 부인과 정 사도 부부는 천수*를 누리고 세상을 떠났다. 양소유와 부인들은 크게 슬퍼했다. 한편 양소유의 여섯 아들과 두 딸은 잘 자라서 높은 벼슬에 올랐다. 세상 모든 사람이 나라를 태평성대로 이끈 양소유의 공을 칭송했다.

　　양소유는 승상의 자리에서 물러나려고 했지만, 황제는 그의 청을 받아들이지 않았다. 몇 번이나 상소를 올리자 황제가 친히 답장

---

* **천수** 타고난 수명.

을 써 주었다.

경의 뜻이 이러하니 어찌 고집을 꺾겠는가? 마침 여기에서 40
리 떨어진 곳에 옛 황제들께서 지내시던 취미궁이란 궁궐이 하나
있으니, 이제부터 그곳에서 생활하시오. 그리고 원하면 언제든지
이곳으로 오도록 하시오.

양소유는 황제의 은혜에 감사해하며, 여덟 아내를 데리고 취미
궁으로 갔다.

취미궁은 종남산 아래에 있어서 경치가 매우 뛰어난 곳이었다.
양소유는 그곳에서 시를 짓고, 거문고를 연주하며 즐거운 시간을
보냈다.

이곳에 온 지도 여러 해가 지났다.

팔월 보름날은 양소유의 생일이었다. 성대한 잔치가 열렸고, 모
두 양소유가 건강하게 오래 살기를 빌었다.

이럭저럭 구월이 되니, 국화가 만발해 구경하기 좋았다. 양소유
는 여덟 부인을 데리고 서쪽 누각에 올랐다. 어느덧 석양이 기울어
지고 구름이 낮게 깔렸다. 노을이 비추는 가을빛이 그림처럼 아름
다웠다.

양소유는 퉁소를 꺼내 한 곡조 연주하기 시작했다. 그런데 그 소리가 너무나도 슬프고 처량했다. 영양 공주가 물었다.

"승상께선 일찍이 이름을 떨치고 오랫동안 부귀를 누렸습니다. 그런데 오늘 이렇게 좋은 풍경을 앞두고 퉁소 소리가 처량하게 들리는군요. 어찌 된 일입니까?"

양소유는 퉁소를 내려놓고 난간에 기대어 말했다.

"동쪽을 바라보니 진시황의 아방궁이 외롭게 서 있고, 서쪽을 바라보니 한무제의 무덤이 가을 풀 속에 쓸쓸하구려. 북쪽을 바라보니 현종 황제의 화청궁을 비춘 빈 달빛뿐이라오. 이 세 임금은 다시없을 영웅으로 천하를 호령했지만, 지금은 어디에 있는가?

나는 시골의 일개 선비이나, 다행히 현명하신 황제를 만나 승상의 자리에 올랐다오. 또 여러 낭자와 정이 두터우니, 천생연분이 아니면 어찌 그렇겠소? 하지만 모이면 흩어지는 게 세상 이치라오. 시간이 흘러 우리가 세상을 뜨면, 이곳 높은 누각과 굽은 연못과 노래하던 궁전과 춤추던 정자들은 거친 풀과 쓸쓸한 연기로 변할 것이오. 그때는 나무하는 아이와 풀 뜯어 마소 치는 아이들이 손가락질하며 '여기가 양 승상이 낭자와 함께 놀던 곳이구나!'라고 탄식할 테니 어찌 슬프지 않소?"

여인들은 묵묵히 듣고 있었다. 양소유는 여인들을 바라보며 낮은 목소리로 말했다.

"천하에 세 가지 도가 있으니 유도(儒道), 선도(仙道), 불도(佛道)라오. 유교의 도는 윤리와 기강을 밝히고 살아 있을 때의 사업은 있으나, 그 이름을 후세에 남길 뿐이지요. 그런가 하면 평범한 사람이 신선 되기는 어려우니 신선의 도는 허망할 따름이오.

요즘 난 항상 방석 위에서 참선하는 꿈을 꾼다오. 이를 보면 나는 불도와 인연이 있는 것 같소. 이제 나는 남해를 건너 관음보살을 뵙고 불생불멸*의 도를 얻고자 하오. 다만 반평생을 함께했던 그대들과 이별하려 하니 슬픈 마음이 드는구려. 이러한 속마음이 퉁소 소리에 나타났던 것이오."

부인들이 말했다.

"승상께 그런 마음이 있으시다면 이는 분명 하늘의 뜻일 것입니다. 저희 여덟 사람도 마땅히 아침저녁으로 부처님께 기도하며 상공을 기다리겠습니다. 승상께선 훌륭하신 스승을 얻어 큰 도를 깨달은 뒤에 저희를 이끌어 주십시오."

양소유가 크게 기뻐하며 말했다.

"우리 아홉 사람의 마음이 같으니 무슨 근심이 있겠소."

여러 부인이 술을 내어 와 작별하려 할 때였다.

문득 난간 밖에서 지팡이를 끄는 소리가 들렸다. 모두 이상하게

---

* **불생불멸** 생겨나지도 않고 없어지지도 않고 항상 그대로 변함이 없음.

여겨 소리 나는 곳을 바라보니, 한 노승이 나타났다. 하얀 눈썹과 물결 같은 눈에서 비범한 기운이 느껴졌다.

"산에 사는 노승이 승상을 뵈옵니다."

양소유가 물었다.

"스님께선 어디서 오셨습니까?"

노승이 웃으며 말했다.

"승상은 평생 사귀던 오랜 벗을 모르십니까?"

양소유가 한참을 보다가 기억이 났다는 듯이 말했다.

"아아! 토번을 치러 갔을 때 꾸었던 꿈이 기억이 납니다! 그때 동정호에 갔다가 남악산에 올랐는데, 한 노승이 제자들에게 강론하고 있는 것이 보였지요. 혹시 그때의 스님 아니십니까?"

노승이 크게 웃으며 말했다.

"옳소, 옳소! 그러나 승상은 꿈속에서 한 번 본 것만 기억하고, 십 년을 같이 산 것은 생각하지 못하십니까?"

양소유가 의아하다는 듯이 말했다.

"저는 열여섯이 되기 전에는 부모님 곁을 떠나지 않았습니다. 그 이후로는 과거에 급제하여 나랏일을 하느라 바빠서 겨를이 없었는데, 어찌 스님과 그리 긴 세월을 살았겠습니까?"

노승이 웃으며 말했다.

"승상은 아직 꿈을 깨닫지 못하였소."

"꿈 말입니까? 어찌하면 저를 깨닫게 하시겠습니까?"

"어렵지 않도다."

노승이 막대기를 들어 난간을 툭 쳤더니, 갑자기 흰 구름이 일어나 주위를 분간할 수 없게 되었다. 양소유가 깜짝 놀라 크게 소리쳤다.

"스님은 어찌 바른 도리를 가르치지 않고 도술로 저를 희롱하십니까?"

양소유가 말을 다 마치기도 전에 구름이 걷혔는데, 놀랍게도 노승과 여덟 부인이 사라져 버렸다. 양소유가 크게 놀라 자세히 보니 궁궐은 온데간데없고, 자신은 홀로 작은 암자에 앉아 있었다. 손으로 머리를 만지니 새로 깎은 듯 까칠까칠했고, 목에는 백팔 염주가 걸려 있었다. 승상의 위엄은 찾을 수 없고 승려의 모습만이 남아 있었다.

'이제 알겠다! 사부님께서 그르친 생각을 한 나를 인간 세상에 보내어, 부귀영화와 남녀 정욕의 허망함을 깨닫게 하신 거로구나!'

양소유는 급하게 세수를 하고 옷을 차려입은 뒤 법당으로 갔다. 그곳에 모든 제자들이 모여 있었다. 육관 대사가 성진을 향해 큰소리로 말했다.

"성진아, 인간 세상의 재미가 어떠하더냐?"

성진은 머리를 땅에 두드리고 눈물을 흘리며 말했다.

"이제야 알겠습니다. 제가 어리석어 마땅히 인간 세상에서 윤회*
해야 할 것인데, 자비로우신 사부님께서 하룻밤 꿈으로 저를 깨닫
게 하셨습니다. 사부님의 은혜는 천만 년이 지나도 갚기 어려울 것
입니다."

육관 대사가 말했다.

"네가 흥이 나서 갔다가 흥이 다해서 돌아왔는데 내가 무슨 간
섭을 하겠느냐? 또한 네가 인간 세상과 꿈을 다르게 생각하는 걸
보니, 아직 완전히 꿈을 깬 것은 아니로구나. 옛날에 장자가 꿈에
서 깬 뒤에 자신이 나비가 된 것인지 나비가 자신이 된 것인지 구
별하지 못했다고 한다. 성진과 양소유 중에서 무엇이 꿈이고 무엇
이 꿈이 아니냐?"

"제가 어리석어 꿈과 진짜를 알지 못하니 사부님께서 가르쳐 주
십시오."

"내가 곧 《금강경》의 큰 도리를 일러 주려고 한다. 그러나 제자
가 더 올 것이니 잠시 기다려라."

이때 문지기가 육관 대사에게 아뢰었다.

"어제 왔던 여덟 선녀가 다시 와서 사부님을 뵙고자 합니다."

잠시 뒤 팔선녀가 대사 앞에 와서 합장한 뒤 말했다.

---

* **윤회** 생명이 있는 것은 죽어도 다시 태어나 생이 반복된다고 하는 불교 사상.

"그동안 위 부인을 모셨으나 제대로 배우지 못해 세속의 정욕을 잊지 못하고 있었습니다. 그러나 대사의 자비로우신 가르침을 받아 하룻밤 꿈으로 크게 깨달았습니다. 저희는 이미 위 부인께 하직 인사를 드리고 이곳으로 왔습니다. 이제부터 사부님의 가르침을 구하고자 합니다."

육관 대사가 크게 웃으며 말했다.

"너희들의 뜻이 비록 아름다우나, 불도의 길은 멀고도 깊으니 잘 헤아려 결정하거라."

그러자 팔선녀는 물러나 얼굴의 연지분을 모두 씻고, 구름 같은 머리카락을 모두 잘랐다. 그리고는 다시 들어와 아뢰었다.

"사부님께 맹세합니다. 절대 사부님의 가르침을 게을리하지 않겠습니다."

육관 대사가 기뻐하며 말했다.

"좋구나, 좋아! 너희 여덟 명이 이렇듯 결심하니, 정말 좋은 일이로다."

육관 대사는 자리에 앉아 불경을 가르치니, 부처님의 빛이 세상을 밝히고 하늘에서는 꽃비가 내렸다.

육관 대사가 설법을 마치며 부처의 말씀을 외웠다.

인간 세상의 모든 존재는

꿈같고 환상 같고 물방울 같고 그림자 같으며

이슬과 번개와도 같으니

마땅히 이와 같이 볼지어다.

성진과 여덟 명의 여제자는 동시에 불생불멸의 깨달음을 얻었다. 육관 대사가 이를 보고는 흐뭇해하며 모든 제자를 불러 모아 놓고 말했다.

"나는 본래 불법을 전하기 위해 중국에 들어온 것이다. 이제 부처의 법도를 전할 사람이 생겼으니 그만 돌아갈까 하노라."

육관 대사는 이 말을 남기고 염주와 공양 그릇, 지팡이,《금강경》한 권을 성진에게 주고는 서천으로 떠났다.

이후에 성진은 연화 도량의 대중을 거느리고 가르침을 베풀었다. 신선과 용왕, 사람과 귀신이 모두 성진을 육관 대사처럼 존경했고, 여덟 명의 여승들도 성진을 스승으로 섬겼다. 나중에는 여덟 명의 여승들도 모두 보살의 큰 도리를 깨닫게 되어, 훗날 아홉 사람이 모두 극락세계에 들게 되었다.

구
운
몽

물음표로
따라가는
인문학 교실

고전으로 인문학 하기

고전을 읽으며 생겨나는 여러 질문에 답하며,
배경지식을 얻고 인문학적 감수성을 키워요.

고전으로 토론하기

고전을 다양한 시각으로 바라보며,
다르게 생각하는 힘을 길러요.

고전과 함께 읽기

함께 소개하는 다양한 작품을 통해,
인문학적 사고의 폭을 넓혀요.

고전으로 인문학 하기

● 조선 시대 남자들은 양소유를 부러워했을까?

"와, 양소유 부러워요!"《구운몽》을 읽은 남학생들은 주로 이런 반응을 보입니다. 여덟 여자를 아내로 둔 한 남자의 이야기라며 솔 깃해하죠. 반면 여학생들은 좀 다릅니다.《구운몽》이 남성 우월적 인 소설이라며 비판적인 시각을 갖는 경우가 많죠.

그런데《구운몽》은 한마디로 정의할 수 있는 소설이 아니에요. 어떤 관점에서 바라보느냐에 따라 등장인물에 대한 평가도, 작품 이 전하는 메시지도 달라집니다. 이 작품은 남녀 간의 사랑을 노래 했다는 점에서는 연애 소설로, 인생무상(인생이 덧없음)이라는 불교

적 깨달음을 담았다는 점에서는 사상(思想) 소설로, 사대부들의 꿈을 드러냈다는 점에서는 양반 소설로 읽히죠. 그러니까 소설을 어떤 '관점'으로 바라보느냐가 중요한 포인트인 거죠!

이번에는 《구운몽》을 조선 시대 성인 남성의 시각에서 바라보려고 해요. 그들은 양소유의 삶을 어떻게 바라보았을까요?

조선 시대 양반들에게 양소유의 인생은 그야말로 꿈같아 보였을 겁니다. 젊어서 과거에 급제하고 벼슬에 나아가며, 나이 들어서 관직에서 물러나 자연을 벗 삼아 사는 것. 모든 양반들이 꿈꾸던 이상적인 삶이었습니다. 양소유는 최고의 벼슬인 승상에 오른 데다가, 아리따운 여인들과 인연을 맺었죠. 어떻게 그를 부러워하지 않을 수 있겠어요?

그런데 여인들의 마음을 흔들어 놓은 양소유의 매력은 무엇일까요? 먼저 외모입니다. 《구운몽》 원문을 보면 '양소유의 얼굴은 다듬은 옥 같고, 눈은 새벽별 같아 반악(潘岳)과도 같았다.'라는 말이 나와 있습니다. 반악은 중국 서진 때의 사람인데요. 얼굴이 매우 잘생겼다고 해요. 오죽하면 집 밖을 나갔다 하면 여자들이 과일을 던져 그의 수레가 가득 찼다는 이야기가 있답니다. '척과영거(擲果盈車, 수레가 가득 찰 만큼 과일을 던지다)'라는 한자 성어가 여기에서 비롯되기도 했죠.

양소유는 재능 역시 출중했습니다. 글을 잘 지었고, 글씨가 빼어났으며 검술과 활쏘기, 거문고 연주에도 능했습니다.

하지만 무엇보다도 양소유의 가장 큰 매력은 다정다감한 마음과 자신감입니다. 그에게서 가부장적 엄격함은 찾아볼 수 없습니다. 관심 있는 여인을 만나기 위해 여장을 하거나, 귀신에게 고백하는 모습은 인간적인 매력을 느끼게 해요. 여색에 굶주린 색중아귀라고 놀림받아도 빙긋 웃는, 진정한 바람둥이라 할 수 있죠.

체면을 중요하게 생각한 당시 남성들은 감히 양소유처럼 여장을 하거나 달콤한 고백을 할 생각은 하지 못했어요. 그래서 더욱 이 작품을 통해 위안을 얻었을 겁니다. 우리가 연애 소설에 빠져드는 것처럼, 양소유에 감정 이입하며 대리 만족(?)을 느꼈겠죠. 심지어 근엄하고 무섭기로 소문났던 영조 임금조차도 《구운몽》을 두고 '짜임이 좋다.', '문장이 좋다.'라며 칭찬합니다. 어쩌면 《구운몽》은 당대의 '힐링 소설'이었을지도 모릅니다.

● 여덟 명의 부인이 정말 친하게 지낼 수 있을까?

그런데 《구운몽》과 같은 일이 진짜로 일어나면 어떨까요? 예를 들어 볼게요. 집에 돌아오니 한 여인이 인사를 건넵니다. 아버지의 둘째 부인이랍니다. 맙소사! 다음 날, 더 놀라운 광경이 펼쳐집니다. 아버지의 셋째 부인이 나타난 겁니다. 이렇게 월요일부터 일요일까지 전부 7명의 새엄마가 생긴다고 생각해 봅시다. 우리 엄마까지 포함하여 8명의 여인이 함께 살게 되었다고 말이에요. 불가능한 일이라고요? 하지만 몇 백 년 전, 양반가에서는 한집에 여러 여인이 사는 일이 드물지 않았습니다.

조선은 일부일처제를 바탕으로 했습니다. 즉, 남자는 한 여인만을 아내로 맞을 수 있었죠. 그러나 많은 양반 남성들은 여기에 만족할 줄 몰랐습니다. 아들을 낳아 가문을 이어야 한다는 명분을 내세우며, '첩'이라는 이름으로 여인들을 자꾸 집으로 들였어요. 이른바 '축첩 제도'죠.

《구운몽》에서 양소유는 2명의 처와 6명의 첩을 둡니다. 2명의 처를 둔 건, 정경패를 아내로 맞이하기로 굳게 약속했는데, 난양 공주와 혼담이 오갔기 때문이에요. 공주를 첩으로 맞이할 수 없고 정경패를 첩으로 내릴 수도 없으니, 결국 정경패를 영양 공주로 올리면서 문제를 해결합니다. 이렇게 하여 8명의 여인들은 서로 의지하며 사이좋게 지내죠.

정말 이게 가능한 일일까요? 여러분 집에 8명의 어머니가 같이 산다면, 어떨까요? 글쎄요. 지금도 때때로 집안에 갈등이 생기고 시끄러운데, 엄마가 8명이면 생각만 해도 머리가 아픕니다.

고전 문학 중 처첩 간의 갈등을 소재로 한 작품은 많습니다. 김만중의 《사씨남정기》나 민속극 〈꼭두각시놀음〉 등이 그 예랍니다.

《사씨남정기》에서는 첩 교씨가 본처인 사씨를 모함하고 죽이려 들어요. 〈꼭두각시놀음〉에서는 첩인 돌머리집이 재산을 독차지하고, 본처는 중이 되어 금강산으로 떠나죠. 이처럼 처와 첩 사이에는 '갈등'이란 불꽃이 필연적으로 내포되어 있습니다.

하지만 《구운몽》 어디에도 이런 갈등은 나타나 있지 않아요. 공주, 재상집 딸, 기생, 자객, 용왕의 딸……. 출신도 다양한 여덟 여인은 다들 예쁘고 재능도 뛰어납니다. 이들은 양소유를 중심으로 웃음과 교양이 가득한 조화로운 세계를 이루죠.

우리는 여기서 작가 김만중, 더 나아가 당시 사대부들의 생각을 읽을 수 있습니다. '수신제가치국평천하(修身齊家治國平天下)'라는 말에서도 알 수 있듯, 사대부들은 집안의 화평함을 모든 일의 근본이라고 생각했죠. 하지만 본처 외에 여러 첩을 두면서, 즉 '갈등의 씨앗'은 그대로 둔 채로 가정의 행복을 바라는 건 철저히 남성 중심적인 사고 방식 아닐까요? 당시의 남성들은 욕망을 충족하기 위해 여러 여인을 거느렸지만, 그 사이에서 갈등은 존재하지 않길 바랐죠. 혹은 갈등이 있더라도 원만하게 해결되든지요. 한 남자로 태어나 여덟 부인을 거느리고, 부귀영화를 누리는 것. 이것은 당시 사대부들의 꿈이자 판타지인 셈입니다.

놀랍게도 축첩 제도가 폐지된 건 1915년으로, 불과 100년 정도밖에 되지 않았답니다. 아주 오랫동안 문제의 근원은 그대로 두고, 현상만을 탓했던 셈입니다.

● 인생무상, 《구운몽》의 유일한 주제일까?

《구운몽》의 주제는 무엇일까요? 작가는 이 소설을 통해 무엇을 말하고 싶었을까요?

주제를 찾기 위해 먼저 제목의 의미를 살펴봐요. '구(九)'는 성진과 팔선녀를 합친 아홉 인물을 가리킵니다. '운(雲)'은 구름을 뜻하죠. 하늘에 뜬 구름은 바람에 금세 흩어지고 사라져 버립니다. 우리의 욕망 역시 구름처럼 쉽게 변해 버려요. 간절히 바랐던 무언가를 막상 얻고 나면 금세 행복감은 사라지고, 또 다른 것이 눈에 들어오게 마련이죠. 마지막으로 '몽(夢)'은 꿈입니다. 8명의 여인과 부귀영화를 누린 일은 다름 아닌 성진의 꿈에서 벌어진 것이었죠. 합하면, '구운몽'은 꿈속에서 성진과 팔선녀가 함께하며 구름 같은 쉽게 사라지는 것들을 욕망하는 소설이라고 할 수 있겠네요.

역시 '인생무상'이 소설의 주제인 걸까요? 소설을 쓴 김만중의 삶을 따라가며 알아봐요. 김만중은 1665년 정시 문과에 급제하여 사간원, 사헌부, 승정원 등 요직을 두루 거쳐서 높은 벼슬인 대제학의 위치에까지 올랐답니다. 그러나 벼슬길이 순탄하지는 않았어요. 당파끼리 서로 다투는 붕당* 정치에 휘말렸기 때문이에요. 서인이던 김만중은 때때로 남인의 탄핵을 받았답니다.

김만중은 1687년 평안도 선천에 유배되었을 때, 어머니를 위로하기 위해 《구운몽》을 썼다고 합니다. 김만중의 일생을 기록한 연보인 《서포연보》*를 통해 이 사실을 확인할 수 있죠. 여기 한 구절을 살펴봐요.

김만중은 또 모친께 책을 지어 보내 소일거리로 삼게 하였는데, 그 뜻은 일체의 부귀영화가 모두 꿈이요 허깨비라는 것으로, 마음을 넉넉히 하고 슬픔을 위로하기 위한 것이었다.

이를 보면 김만중은 부귀영화가 헛된 것이며, 세속적 욕망은 부질없다고 여겼음을 알 수 있어요. 《구운몽》은 외화(바깥 이야기)와 내화(안쪽 이야기), 즉 현실과 꿈의 교차를 통해 '이 모든 삶이 결국 아홉 사람의 꿈이더라.'라고 말하고 있습니다. 그러니 《구운몽》의 주제를 꼽으면 어김없이 인생무상 이야기가 나오는 것이죠.

그러나 이를 《구운몽》의 유일한 주제로만 볼 필요는 없습니다. 원래 《구운몽》은 총 16장으로 되어 있는데요. 그중 1장과 16장은 성진의 삶을 그리고 있지만, 나머지 14개 장은 양소유의 삶, 정확히 말해 양소유가 8명의 여인을 만나고 입신양명하는 과정을 그리고 있죠. 소설의 마지막 장면에만 초점을 두고 주제를 '인생무상'으로만 해석하는 건 너무나 단순한 관점 아닐까요?

앞서 이야기했듯 이 작품은 연애 소설, 불교 소설, 성장 소설 등 다양한 관점으로 해석이 가능합니다. 또한 여성의 권리에 대해 이

---

* **붕당** 조선 시대에, 이념과 이해에 따라 이루어진 사림의 집단을 이르던 말.
* **《서포연보(西浦年譜)》** 김만중의 일생을 기록한 연보로, 그의 후손이 쓴 것으로 추정된다. '서포' 는 김만중의 호이다.

야기하는 현대의 페미니즘이나 욕망의 본질과 관련해서도 생각해
볼 거리들이 많죠. 작품은 시대와 독자에 따라 다양하게 해석되게
마련입니다. 《구운몽》에 대해 여러분 나름대로의 감상을 찾는 것
도 의미 있는 활동이 될 거예요.

한 걸음 더

《구운몽》은 '몽자류(夢字類)' 소설이에요. 주인공이 꿈에서 새로운 인물로
태어나 완전히 다른 삶을 체험하고, 깨어나 다시 현실로 돌아오는 구조죠. 현
실에서 꿈으로, 꿈에서 다시 현실로 돌아오는 것을 환몽 구조라 하는데, 보통
은 꿈속에서 새로운 깨달음을 얻게 됩니다.

한편 '몽유록(夢遊錄)' 소설이란 것도 있는데요. 이것 역시 현실–꿈–현실
의 환몽 구조를 바탕으로 해요. 몽자류 소설과 몽유록 소설은 비슷해 보이지
만 중요한 차이가 있답니다. 바로 '주인공 의식의 유지 여부'입니다. 무슨 말
이냐고요? 쉽게 말해 몽자류 소설에서는 주인공이 꿈속에서 이전과는 완전
히 다른 새로운 인물의 삶을 경험하는데, 몽유록 소설에서는 꿈속에서도 이
전의 자기 모습을 유지한 채 일련의 일을 겪는 것이죠. 다시 말해 몽자류 소
설에서는 주인공의 의식이 이어지지 않는 반면, 몽유록 소설에서는 의식이
계속 이어진다고 볼 수 있습니다.

《구운몽》이 조선의 대표적인 몽자류 소설이라면, 조선 중기의 문신 임제
(1549~1587년)가 쓴 《원생몽유록》은 대표적인 몽유록 소설로 볼 수 있답
니다. 《원생몽유록》은 꿈에 사육신(死六臣, 단종의 복위를 꾀하다가 처형된
6명의 충신)을 등장시켜 세조가 왕위를 빼앗은 일을 비판하고 있습니다.

고전으로 토론하기

● 욕망, 독일까? 득일까?

생각 주제 열기

여러분은 무엇을 바라나요? 성적을 잘 받는다거나, 부자가 된다거나, 이성 친구에게 인기가 많아진다거나……. 여러 가지가 있겠지요. 인간은 늘 무언가를 원합니다. 무언가를 바라는 것(desire), 그것이 바로 '욕망'입니다.

"사람들은 얻은 것보다 얻지 못한 것을 더 원한다."

셰익스피어가 남긴 이 말은 욕망의 특징을 잘 보여 줍니다. 원하는 것을 얻는다 해도 만족은 잠시뿐, 금세 다른 것을 바라게 되죠. 욕망은 참으로 변덕이 심하고, 끝도 없어 보입니다.

인간이 욕망하는 존재라면, 그 욕망은 진정으로 충족될 수 있을까요? 또 욕망을 충족하면 인간은 진정 행복해질까요? 《구운몽》을 통해 그 답을 찾고자 합니다. 친구들과 함께하는 이야기 마당으로 초대합니다.

당신은 무엇을 욕망합니까?

쌤 반갑습니다. 먼저 자기소개부터 할까요?

은 서 안녕하세요, 은서입니다. 얼마 전 학교 숙제 때문에 《구운몽》을 읽었는데, 너무 재미있더라고요. 그래서 토론에 참석하게 되었어요.

재 윤 저는 재윤이라고 합니다. 알찬 토론이 될 것 같아서 기대하고 있답니다!

쌤 좋아요. 이번에는 《구운몽》을 통해 인간의 욕망에 대해 생각해 보려고 해요. 질문 하나 할게요. 여러분은 무엇을 욕망하나요?

은 서 무엇을 욕망하냐고요? 쌤, 질문이 좀 이상해요!

재 윤 그러게요. 이상하게 '욕망'이라고 하면 뭔가 죄를 짓는 느낌이 들어요.

쌤 하하, 그런가요? 그런데 욕망이란 단어를 너무 부정적으로 바라보지 않았으면 합니다. 사람은 누구나 욕망하는 존재니까요. 욕망이 없었다면 인류 역사의 발전도 없었을 겁니다.

은 서 욕망이 인류 역사를 발전시켰다고요?

쌤 그렇죠. 생각해 봐요. 사람들이 그저 걷는 것에 만족했다면 자동차나 비행기는 나오지 않았을 거예요. 아름다움에 대한 욕망이 없었다면 패션, 화장품, 의료 산업도 지금처럼 성장하지 못했을 테고요.

재 윤 음, 그럼 전 욕망합니다. 양소유 같은 삶을요!

은 서 휴, 그럴 줄 알았어.

쌤 양소유 같은 삶은 어떤 삶인가요? 구체적으로 말해 봐요.

재 윤 높은 벼슬에 오르고, 돈도 많이 벌고, 엄청난 권력을 누리는 거죠. 물론 예쁜 여자와 결혼도 하고요.

은 서 그것도 아주 많은 여자들이랑 말이야, 그렇지?

재 윤 너무 비꼬지 말아 줄래?

쌤 하하, 솔직하게 말해 줘서 고맙군요. 아마 《구운몽》을 읽은 수많은 독자들이 재윤이처럼 생각했을 거예요. 소유(少游)라는 이름처럼, 인생을 즐겁게 노닐며 행복하게 살기를 꿈꾸었겠죠.

재 윤 그렇죠?

쌤 출세와 명예, 부와 권력, 사랑과 행복. 양소유는 세상 사람이 바라는 모든 것을 얻었습니다. 그런 그가 인생무상, 즉 모든 게 덧없다는 걸 깨닫다니 참으로 놀랍고도 의외입니다. 작가는 작품을 통해 무슨 말을 하고 싶었던 걸까요? 《구운몽》의 주제를 '욕망'과 관련지어 생각해 보려고 합니다.

은 서 재미있을 것 같아요!

재 윤 오오, 기대돼요!

쌤 자, 그럼 《구운몽》의 시작부터 살펴봐요.

욕망 없는 사람이 있을까?

쌤 소설의 첫 부분에서, 수도승 성진은 용궁에서 돌아온 다음에 인간적인 욕망을 품게 됩니다.

'한번 남자로 태어나면…… 어려서는 공자와 맹자의 글을 읽고, 자라서는 요순 같은 임금을 섬기며, 백만 대군을 거느려 적을 물리쳐야 한다. 돌아와서는 재상이 되어 비단옷에 옥대를 차고, 아름다운 미녀와 잔치를 즐기며, 부귀영화를 자랑하고 이름을 후세에 전하고 말이다. 이것이 대장부의 길이리라.

그러나 아…… 슬프구나. 불도를 닦는 길은 어떠한가. 공양 그릇에 담긴 밥 한 그릇과 물 한 병. 불경 두세 권과 백팔 염주가 전부이다. 비록 가르침이 높고 아름답다고는 하나, 먼 훗날 그 누가 나 성진이 이 세상에 태어난 줄을 알겠는가.'

• 24쪽 중에서

재 윤　전 성진에 공감이 가더라고요. 삶은 아침 이슬처럼 짧다는데 기왕에 한 번 사는 인생, 멋지게 살아야지요.

쌤　하하, 그래요. 성진은 불도를 닦는 것보다는 천하에 이름을 떨치는 인생이 더 가치 있지는 않을까 고민했죠.

은 서　조선 시대 남성들은 다 그렇게 생각하지 않았을까요?

쌤　맞습니다. 이 욕망은 출장입상(出將入相), 즉 '나가서는 장수가 되고 들어와서는 재상이 된다.'라는 당시 사대부들의 이상을 잘 보여 주죠. 부와 권력, 출세와 명예, 사랑과 행복에 대한 욕망은 지금도 마찬가지예요. 여러분이 열심히 공부하는 것도 이와 관련이 있을 테죠.

은 서　정말 그런 것 같아요. 저희 오빠가 고3인데요, 들어 보니까 의대나 경찰대처럼 수입이 높고 '파워'가 센 곳은 경쟁률이 엄청 높다더라고요.

재 윤　그래서 오빠는 어디 간대?

은 서　야, 몰라도 되거든?

쌤 여러분, 《구운몽》의 주인공이 왜 하필 스님인지 생각해 봐요. 사실 스님은 세속적인 것을 욕망해서는 안 되는 사람입니다. 깊은 산속에서 살아가는 이유도 욕망의 유혹으로부터 멀어지기 위해서 겠죠. 하지만 성진에게 그 유혹은 너무나 강렬합니다.

재윤 사람이라면 그런 유혹에 쉽게 빠질 수밖에 없을 것 같아요.

쌤 성진은 난생처음 술을 마시고, 기이한 향내를 맡고, 아름다운 여인을 만나며 인간적인 욕망을 품게 되죠. 이 욕망은 마른 들판의 불길처럼 마음속에서 활활 타올랐습니다.

은서 결국 그 욕망 때문에 인간 세상으로 가게 되었죠.

쌤 여기서 흥미로운 건 욕망을 다루는 방법입니다. 육관 대사는 성진을 된통 혼내거나 잘 타이르는 대신, 인간 세상으로 추방해 버립니다. 무언가를 아는 가장 좋은 방법은 직접 겪어 보는 것임을 잘 알았기 때문이지요.

재윤 성진을 지상으로 추방한 것은 깨달음을 얻게 하기 위한 방법이었군요.

양소유의 욕망은 충족되었을까?

쌤 자, 이제 성진은 양소유로 환생합니다. 여러분은 양소유를 보면 무슨 생각이 드나요?

재 윤 부럽긴 한데요, 너무 완벽한 캐릭터라서 현실감이 느껴지지 않더라고요.

은 서 저도 그래요. 말 한마디로 적을 항복시키고, 모든 여자가 해바라기처럼 양소유만 쳐다본다니 좀 억지스러웠어요.

쌤 하하, 그래요. 영웅 소설에서는 주인공의 시련과 고난이 부각되죠. 이와 달리 《구운몽》에서 양소유는 딱히 어려움을 겪지 않습니다. 그보다 소설은 그가 여러 여인을 만나 인연을 맺고, 세속적 욕망을 실현하는 데 초점을 맞춥니다.

재 윤 양소유는 정말 손쉽게 욕망을 이룬 것 같아요.

쌤 그런데 나이 든 양소유는 여덟 부인을 데리고 뒷동산에 오르더니, 지는 해를 바라보며 이렇게 이야기해요.

"동쪽을 바라보니 진시황의 아방궁이 외롭게 서 있고, 서쪽을 바라보니 한무제의 무덤이 가을 풀 속에 쓸쓸하구려. 북쪽을 바라보니 현종 황제의 화청궁을 비춘 빈 달빛뿐이라오. 이 세 임금은 다시없을 영웅으로 천하를 호령했지만, 지금은 어디에 있는가?"

· 197쪽 중에서

은 서 '맥수지탄(麥秀之嘆)'이라는 사자성어가 생각나네요.

재 윤 그게 무슨 말이야?

은 서 보리만 무성하게 자란 것을 보며 고국이 망했음을 탄식한다는 뜻이야.

쌤 은서가 적절한 사자성어를 이야기해 주었군요. 그런데 사라지는 건 나라뿐만이 아니죠. 인간 역시 죽습니다. 천하의 영웅이던 진시황과 한무제 역시 지금은 한 포기 풀과 한 줌 흙처럼 쓸쓸할 뿐이죠. 그런데 흥미로운 부분이 있어요. 양소유가 이제 다른 욕망을 품는다는 것이죠.

> "나는 불도와 인연이 있는 것 같소. 이제 나는 남해를 건너 관음보살을 뵙고 불생불멸의 도를 얻고자 하오."
>
> • 198쪽 중에서

재 윤 쌤, 왜 양소유는 '불생불멸의 도'를 얻고자 했을까요? 영원히 살고 싶어서일까요?

은 서 부귀영화는 금세 사라지게 마련이잖아. 그래서 변하지 않는 가치를 얻고 싶었던 거겠지.

쌤 맞아요. '열흘 붉은 꽃은 없다.'라는 뜻의 화무십일홍(花無十日紅)이란 말이 있죠. 권력과 부귀영화는 오래가지 못하기 때문에 양소유는 불변의 가치를 추구하려 합니다.

은 서 참 이랬다 저랬다 하는군요. 성진이었을 때는 출세와 부귀영화를 바라다가, 양소유일 때는 다시 불도를 닦기를 원하니까요.

쌤 그렇죠. 사뭇 달라 보이는 이 두 가지 욕망이 하나의 주체 안에서 충돌한 것입니다. 세속적인 성진의 욕망은 꿈속에서 이루어지는데요, 이때 '꿈'은 욕망을 실현하는 통로가 됩니다. 꿈은 자아의 경계를 넘나들면서 욕망할 수 있게 해 주는, 일종의 매개체인 셈입니다.

재윤 그래도 꿈에서나마 소원 성취했으니 부럽습니다.

쌤 하하, 그래요. 그런데 원하는 것을 이루고 난 뒤에도 욕망은 여전히 남아 있죠. 이제 《구운몽》은 우리에게 묻습니다. '욕망'의 본질에 대해서요.

은서 욕망의 본질이요?

욕망은 충족될 수 있을까?

쌤 자, 생각해 봅시다. 인간은 왜 끊임없이 무언가를 욕망할까요?

재윤 글쎄요. 그냥 살다 보면 부러운 일이 생겨요.

쌤 구체적으로 말해 볼래요?

재윤 제 짝이 이번에 갤○○ 스마트폰을 가져왔는데요. 완전 부럽더라고요. 제 스마트폰은 2년 됐거든요. 새것을 보니 갖고 싶어진 거죠.

은서 꼭 물질적인 게 아니더라도 사람은 늘 무언가를 바라게 되는 것 같아요. 저는 동물학자가 되고 싶은데요, 제인 구달 같은 사람을 떠올리면서 마음을 다잡곤 해요. 공부를 열심히 해서 좋은 대학에 가고 싶기도 하고요.

쌤 그래요. 사람은 늘 무언가를 바랍니다. 여러분이 말한 것들이 다 '욕망'이죠. 그런데 여기서 알아야 할 게 있습니다. 욕망의 바탕에는 '결핍'이 깔려 있다는 것입니다.

은서 결핍이요?

쌤 내가 제인 구달이면 제인 구달 같은 삶을 살겠다고 다짐하지 않겠죠? 마찬가지로 명문 대학교의 학생이라면 그 대학교에 가고 싶다고 말하진 않을 겁니다. 내가 그러지 않기에 그걸 욕망하는 것이죠.

재윤 음, 정말 그렇네요.

쌤 이번에는 질문을 바꿔 볼게요. 여러분에겐 무엇이 없나요? 다시 말해 무엇이 '결핍'되어 있나요?

재 윤 헉, 한 번도 생각해 본 적이 없어요.

은 서 내가 대신 대답해 줄게. 잘생긴 외모와 세련된 매너, 의자에 10분 이상 앉아 있을 인내력, 50분 동안 한눈팔지 않고 수업을 들을 수 있는 집중력……. 어머! 여자 친구도 없네!

쌤 하하, 사실 우리에게는 가진 것보다 없는 것이 더 많습니다. 하지만 결핍된 부분에만 집착한다면 무척이나 슬프겠죠. 자기 삶을 불행하다고 여길 수도 있고요.

은 서 양소유는 행복했을까요?

쌤 세속적 욕망을 품은 성진은 슬퍼했습니다. 그 욕망을 전부 이룬 것처럼 보인 양소유 역시 나중엔 쓸쓸하며 한탄했죠. 이러한 순환 구조는 결국 인간의 욕망이 충족되는 것이 정말 가능한지를 우리에게 되묻습니다.

재 윤 그래도 전 욕망 없는 삶은 상상할 수 없어요. 욕망이 없다면…… 마치 죽은 삶일 것 같아요!

쌤 쌤도 재윤이의 생각에 동의합니다. 욕망은 아주 중요합니다. 그러니까 여러분은 원하는 것들, 욕망들을 소중히 여기면서 하나하나 실현해 가길 바랍니다. 욕망은 분명 노력의 원동력이자 발전의 계기가 되니까요.

재 윤　오오, 맘껏 욕망할게요!

은 서　그럼 《구운몽》은 우리에게 욕망해도 된다고 말하는 건가요? 욕망이 부질없다고 했던 것이 아니고요?

쌤　소설이 우리에게 욕망을 갖지 말라고 이야기하지는 않습니다. 세속적 욕망을 부정하는 것도 아니고요. 그보다는 욕망을 완전히 충족시키기란 불가능하다는 점을 일깨워 줄 뿐이에요. 여러분은 깨진 항아리를 본 적 있나요?

은 서　깨진 항아리요?

쌤　물을 계속 부어도 깨진 항아리를 가득 채울 수는 없죠. 우리의 욕망을 채우는 것을 이에 비할 수 있어요. 간디는 '지구는 온 인류를 먹여 살리기에 충분한 땅이지만, 단 한 사람의 욕망을 채우기에도 모자랍니다.'라고 말했지요. 여러분이 이 사실을 깨닫는다면 훨씬 행복한 삶을 누릴 수 있을 것 같아요.

은 서　와, 《구운몽》에는 정말 많은 뜻이 담겨 있네요!

재 윤　심오한 뜻을 이렇게 재미있는 이야기로 풀어내다니 김만중은 정말 대단한 것 같아요. 오늘 너무 즐거운 토론이었습니다!

욕 망

고전과 함께 읽기

《구운몽》과 함께 보면 좋은 영화나 고전 소설 등을 소개합니다. 다양한 작품을 통해 고전 이해의 폭을 넓히고 재미를 느껴 보길 바랍니다.

고전 〈**조신전**〉 아, 삶은 결코 꿈같지 않더라!

〈조신전〉은 《삼국유사》에 수록된 작품으로, 통일 신라 시대 강릉 세규사라는 절을 배경으로 합니다. 조신은 이곳 스님이죠. 어느 날 그는 불공을 드리러 온 한 여인과 마주칩니다. 태수의 딸인 여인은 무척 곱고 아름다웠어요. 조신은 승려의 신분이지만 사랑 앞에서 흔들려요. 여인에게 반해 버린 거죠. 그래서 밤마다 관음보살에게 그녀와 함께 살게 해 달라고 기도드리죠.

하지만 얼마 뒤 여인은 다른 사람에게 시집가 버립니다. 조신은 불당에서 날이 저물도록 슬피 울며 부처님을 원망합니다. 그러다 깜빡 잠에 들죠.

그런데 놀라운 일이 벌어졌어요. 여인이 나타나 활짝 웃으며 이렇게 이야기하는 겁니다.

"저도 일찍이 스님을 잠깐 뵙고 나서부터 사랑하는 마음을 잠시도 잊지 못했습니다. 하지만 부모의 명령에 못 이겨 억지로 딴 사람에게 시집가게 되었어요. 이제 부부가 되기를 원해서 여기 온 것입니다."

조신의 간절한 기도가 통한 걸까요? 조신은 기뻐하며 그녀와 함께 고향으로 도망치죠. 그래서 둘은 행복하게 오래오래 살았냐고요?

글쎄요. 둘은 40년을 함께 살며 다섯 자식을 둡니다. 꿈같은 삶이 펼쳐질 줄 알았겠지만, 현실은 그렇지 않았습니다. 누더기를 입으며, 바람도 막을 수 없는 형편없는 집에서 살아야 했죠. 배고픔은 일상이었고, 가난은 운명과도 같았습니다.

어느 날 구걸을 다니던 중 15살 된 큰아이가 배고픔을 못 견디고 쓰러져 죽고 맙니다. 가족들은 통곡하며 아이를 길가에 묻었어요. 조신 부부는 이미 늙고 지친 데다 병들었어요. 너무나 굶주려서 일어날 힘조차 없었습니다. 그런가 하면 어느 날에는 10살 된 딸아이가 바깥에서 밥을 빌어먹다가 마을 개한테 물리고 말았습니다. 아프다고 울부짖는 딸을 보며 부부는 목이 메어 눈물만 흘릴 뿐이었죠.

"아이들이 춥고 배고프다고 해도 미처 돌봐 주지 못하는데, 어느 겨를에 사랑이 있어 부부간의 애정을 즐길 수 있겠습니까…… 추우면 버리고 더우면 친하는 것은 인정에 차마 할 수 없는 일입니다. 하지만 행하고 그치는 것은 사람의 힘으로 되는 것이 아니고, 헤어지고 만나는 것도 운수가 있는 것입니다. 그러니 이 말을 따라 헤어지기로 합시다."

아내의 말에 결국 부부는 헤어지기로 합니다. 그리고 서로 작별의 길을 떠나는 순간, 조신은 꿈에서 깹니다. 사랑하는 여인과 일생을 함께하기를 간절히 바랐지만, 그들의 마지막은 비참했어요. 꿈에서나마 그 일을 겪고 나니 다 부질없게 느껴졌죠. 조신은 세속적인 욕망의 허무함을 느끼고, 불도에 전념합니다. 이것이 〈조신전〉의 내용이에요.

〈조신전〉은 《구운몽》과 쌍둥이처럼 닮아 있습니다. 스님을 주인공으로 한다는 점과, 꿈을 통해 세속적 욕망의 허망함을 깨닫게 된다는 내용이 비슷하죠. 하지만 꿈의 내용은 《구운몽》과 너무나 다릅니다. 인생을 즐겁게 노닌 《구운몽》의 양소유와 달리, 〈조신전〉에서 조신의 삶은 너무나 힘겨웠으니까요. 〈조신전〉은 짧은 작품이니 여러분도 한번 읽어 보세요. 《구운몽》과 비교하며 읽으면 더 재미있을 거예요.

'허무한 부귀공명 다시는 생각 마오. 괴로운 한평생이 꿈결인 줄 알리니.' 《삼국유사》를 지은 일연은 〈조신전〉을 소개한 뒤, 말미에 이런 글을 남겨 놓았습니다. 하지만 부귀공명을 잊고 사는 게 가능할까요? 적어도 속세를 사는 우리에겐 참으로 어려워 보이네요.

영화 〈패밀리맨〉 인생에서 가장 중요한 건 뭘까?

▲ 〈패밀리맨〉 영화 포스터

꿈은 우리를 완전히 다른 삶으로 이 끕니다. 영화 〈패밀리맨〉에는 꿈으로 또 다른 인생을 마주하게 된 사내의 이야기 가 실려 있어요.

주인공 잭 캠벨은 출세에 대한 야망 이 큰 사람이에요. 그는 일에서의 성공 을 위해 연인이었던 케이트와 이별하죠. 쉼 없이 달린 덕분에 10여 년 뒤에는 월

스트리트 최고의 투자 전문가가 됩니다. 고급 아파트, 페라리 자동 차, 최고급 양복. 잭은 원하는 것들을 모두 가질 수 있었죠.

어느 크리스마스이브, 그는 퇴근길에 우연히 식료품 가게에 들 릅니다. 그곳에서 복권을 바꾸러 왔다가 강도로 돌변한 부랑아를 만나, 뜻밖의 상황에 처하죠. 다행히 잭이 사업가적 수완을 발휘해 위기를 모면합니다. 그때는 그 복권이 자신의 인생을 완전히 뒤바 꿔 놓으리란 걸 몰랐죠.

다음 날, 잠에서 깬 잭은 낯선 침대 위에 두 아이와 옛 애인 케 이트가 있는 걸 보고는 소스라치게 놀랍니다. 인생이 바뀌어 있었 습니다. 곧바로 원래 살던 뉴욕의 고급 아파트로 돌아갔지만 문전

박대를 당했고, 회사에 갔지만 자기 자리는 없었습니다. 당황하던 잭은 가게에서 보았던 부랑아를 만나고, 이게 무슨 상황인지 전해 듣게 되죠. 지금은 케이트와 함께하는 삶을 택했을 때의 인생을 경험하는 것이고, 다시 돌아가는 것은 잭의 손에 달렸다는 거예요. 이런 수수께끼 같은 말을 남기고 부랑아는 사라집니다. 잭은 하는 수 없이 뉴저지의 낯선 가족에게로 돌아오죠.

이제부터는 화려했던 뉴욕 생활과 너무나 다른 삶이 펼쳐집니다. 월스트리트 투자 전문가는 타이어 가게의 샐러리맨이 되었죠. 아기 보기, 개 산책시키기, 집안 청소 등 평범한 일상이 이어졌어요. 처음에는 이 상황이 불만스럽고 적응하기 힘들었습니다. 그러나 점차 잭은 젊은 시절 헤어졌던 케이트를 진심으로 사랑하게 되고, 이전에 느껴 보지 못했던 아버지로서의 사랑도 점점 깨닫게 돼요. 비록 물질적으로 풍요롭지는 않지만, 따뜻하고 포근한 삶에 감사하게 됩니다.

하지만 이것도 잠시뿐, 잭은 다시 꿈에서 깨어나 현실로 돌아옵니다. 이제 그는 '인생에서 중요한 건 무엇인가?'를 스스로에게 묻습니다. 그리고 파리로 떠나려는 옛 연인을 찾아가 앞으로 함께하자고 말하죠.

"다 포기하고 지금 우리의 삶을 시작하는 거야. 그 삶이 어떨지는 모르지만 함께 있는 거잖아. 난 '우리'를 선택하고 싶어."

주인공이 진정한 사랑의 가치를 깨닫게 되면서 영화는 끝난답니다. 꿈이 아니었다면 잭은 평생 가족에 대한 사랑 같은 소중한 가치를 알지 못했을 겁니다.

'꿈은 짧고 후회는 길다.' 독일의 시인 프리드리히 실러의 말입니다. 그렇지만 후회만 하기엔 인생이 너무 짧아요. 꿈이 보여 준 소중한 가치를 현실에서 이루기 위해 열심히 살아 보아야 하지 않을까요?

소설 〈목걸이〉 헛된 욕망이 삶을 뒤바꾸다

한순간, 루아젤 부인은 바라던 것을 찾았다. 까만 비단으로 싸인 상자 속에 찬란한 다이아몬드 목걸이가 있었다. 그녀의 가슴은 억제할 수 없는 욕망 때문에 몹시 울렁거렸다. 그것을 집으며 손이 떨렸다. 목걸이가 감춰지는 옷이었지만 그래도 그 목걸이를 달아 보고 거울 속의 자기 모습을 보면서 도취되었다.

그녀는 주저하며 불안에 목이 잠겨 물었다.

"이거 빌려줄 수 있어? 이것만 있으면 충분해."

"그럼. 그럼. 괜찮아."

루아젤 부인은 친구의 목을 껴안고 마구 입을 맞추고 보석을 갖고 도망치듯 돌아갔다.

이번에 소개할 소설 〈목걸이〉는 프랑스의 소설가 기 드 모파상의 소설입니다. 이 소설에서 루아젤 부인은 프랑스 하급 관리의 아내입니다. 그녀는 형편이 넉넉하지 못한 자신의 처지가 늘 불만스러웠죠.

　어느 날 이들 부부는 장관의 저녁 만찬에 초대받았습니다. 하지만 루아젤 부인은 걱정이었어요. 나들이옷은 겨우 장만했지만, 여기에 어울릴 만한 장신구가 없었으니까요. 그녀는 꽃이라도 달고 가라는 남편의 말에 역정을 내 버렸어요. 결국 루아젤 부인은 친구 포레스티에 부인을 찾아가서 멋진 다이아몬드 목걸이를 빌립니다. 루아젤 부인은 목걸이 덕분에 만찬에서 많은 사람들의 주목을 받았어요. 기분이 좋아지고 의기양양해진 것은 물론이죠.

　그런데 문제가 생겼습니다. 집에 돌아와서 목걸이를 잃어버렸다는 사실을 깨달은 것이죠. 찾고 또 찾았지만 목걸이는 어디에도 없었습니다. 루아젤 부인은 어쩔 수 없이 여기저기서 돈을 빌려다 똑같은 목걸이를 사서 친구에게 돌려주었어요. 3만 6천 프랑이나 되는 목걸이의 값은 고스란히 빚으로 남았죠.

　이제 루아젤 부부 앞에 지독한 가난이 펼쳐집니다. 루아젤 부인은 빚을 갚기 위해 가정부를 내보내고, 집도 다락방으로 옮기죠. 그녀는 온갖 일을 도맡으며 한 푼 두 푼 돈을 모아 빚을 갚아 나갔어요. 이런 비참하고 궁핍한 삶은 10년간 계속되었죠. 마침내 모든 빚을 갚았을 때, 루아젤 부인의 젊고 아름다웠던 외모는 사라지고, 폭삭 늙은 할머니만 남아 있었습니다.

어느 날 루아젤 부인은 거리에서 우연히 포레스티에 부인을 만납니다. 포레스티에 부인은 깜짝 놀라 왜 이렇게 변했냐고 물었고, 루아젤 부인은 그제야 사정을 털어놓았어요. 그러자 포레스티에 부인이 깜짝 놀라 이렇게 말합니다.

"아니, 내 목걸이 대신 새 다이아몬드 목걸이를 샀다는 거니?"

"그래. 너 감쪽같이 속았지? 정말 똑같았다니까."

말을 마친 그녀는 의기양양하고 흡족하여 순진한 미소를 지어 보였다.

포레스티에 부인은 너무도 감동하여 루아젤 부인의 두 손을 잡았다.

"어휴, 가엾어라! 내 건 가짜였어. 기껏해야 오백 프랑밖에 안 되는 거였다니까!"

이 작품은 어리석은 허영심이 한 여인의 삶을 어떻게 바꾸었는지 보여 줍니다. 물질에 집착하다 보면 결국은 불행해진다는 메시지를 전하죠. 작품의 제목이기도 한 '목걸이'는 결국 헛된 욕망, 허영심을 뜻해요. 남들보다 우월해 보이려고 빌렸던 목걸이는 결국 루아젤 부인의 인생을 송두리째 바꿔 놓았습니다. 《구운몽》에서 성진이 욕망을 품었다가 완전히 뒤바뀐 삶을 경험한 것과 비슷하네요. 인생의 참된 가치가 무엇인지를 다시금 생각하게 만드는 소설입니다.

더 큰 집, 더 멋진 자동차, 값비싼 옷……. 우리는 가진 것들을 남들과 비교합니다. 그러면서 보다 나아 보이길 바라지요. 하지만 그것으로 진정한 행복을 얻을 수 있을까요? 글쎄요. 쉽지 않아 보입니다. 비교를 통한 행복은 하늘 위에 뜬구름처럼 불완전할 수밖에 없으니까요.

물음표로 따라가는 인문고전 09

구운몽 욕망, 독일까? 득일까?

ⓒ 박진형 토끼도둑, 2018

1판 1쇄 발행일 2018년 4월 13일 | 1판 2쇄 발행일 2020년 10월 15일

글 박진형 | 그림 토끼도둑
펴낸이 권준구 | 펴낸곳 (주)지학사
본부장 황홍규 | 편집 전해인 문지연 김솔지 | 디자인 최지윤
제작 김현정 이진형 강석준 방연주 | 마케팅 송성만 손정빈 윤술옥 이예현
등록 2010년 1월 29일(제313-2010-24호) | 주소 서울시 마포구 신촌로6길 5
전화 02.330.5297 | 팩스 02.3141.4488 | 이메일 arbolbooks@jihak.co.kr
ISBN 979-11-6204-023-2 44810
ISBN 979-11-85786-85-8 44810 (세트)
잘못된 책은 구입하신 곳에서 바꿔 드립니다.

이 도서의 국립중앙도서관 출판예정도서목록(CIP)은 서지정보유통지원시스템 홈페이지(http://seoji.nl.go.kr)와
국가자료종합목록 구축시스템(http://kolis-net.nl.go.kr)에서 이용하실 수 있습니다.(CIP제어번호: CIP2018009679)

제조국 대한민국 사용연령 10세 이상
KC마크는 이 제품이 공통안전기준에 적합하였음을 의미합니다.

지학사아르볼 아르볼은 '나무'를 뜻하는 스페인어. 어린이들의 마음에
담긴 씨앗을 알찬 열매로 맺게 하는 나무가 되겠습니다.

홈페이지 www.jihak.co.kr/arb/book | 포스트 post.naver.com/arbolbooks